文春文庫

くちなし

彩瀬まる

文藝春秋

もくじ

くちなし　7
花虫　31
愛のスカート　63
けだものたち　95
薄布　125
茄子とゴーヤ　155
山の同窓会　185
解説　千早茜　216

くちなし

くちなし

もうだめなんだ、とアツタさんに言われた。いつかはくるだろうな、そうだろうな、とは思っていた。だけど実際に言われたら想像よりずっと悲しくて、アツタさんのいない生活がいやで、両目からだらしなく涙があふれた。頬を伝って顎の先に溜まり、したたりおちて裸の胸を濡らす。

「どうしても？」

「うん、妻がね」

妻がね、ときた。妻じゃあ、しかたない。離婚はしないともう何年も前に言われている。アツタさんは奥さんとお子さんのことをとても愛している。私のところに来るのは、家族の前で一番いい自分でいるための調整みたいなものらしい。

アツタさんは固太りした大柄な体を、ふう、とため息でしぼませる。

「ユマちゃんには悪いけど、暮らしは困らないようにするから」

「お金はいいよ。もうそんなに大変じゃないし」

「でも、なにかさ。金がいやなら、貴金属とか時計でも。十年も世話になったんだ」

十年という言葉に胸を刺され、またぶわりと涙がふくらんだ。初めて会ったとき、私は芸能事務所に所属する女優志望の十八歳で、アッタさんは数あるスポンサー企業の一社の社長だった。事務所主催のパーティで私が接待役についたことから縁が始まり、なにかあったら応援するから、と言われて連絡先を交換した。

台所から大型施設まで、ありとあらゆる照明器具を手がける新興メーカーを一代で立ち上げたアッタさんは野心家で頭の回転が速く、それでいて能力を鼻にかけるところがなかった。世間に疎《うと》い私のためにパーティで交わされるビジネスの言葉を噛み砕いて教えてくれたり、恥を掻《か》かないようさりげなくフォローをしてくれたりと、そういうことを当たり前のようにやった。私はすぐにアッタさんに夢中になり、誘いを受けたときには喜びのあまり、大きなケーキと花束を抱えてホテルの部屋に向かった。アッタさんは私の格好を見て、咳き込むほど笑い続けた。

数年後、私は芽が出ないまま事務所を辞めて就職し、けれどアッタさんとの関係はその後も続いた。私とアッタさんは多分、性格的な相性が良かったのだろう。一緒にくだらない話で盛り上がり、笑っていることが多かった。

時計も貴金属も、特に欲しいものはないよ。口にすると、アッタさんは困ったとばかりに首を左右に振ってうなじを掻いた。私より一回りは年上の、四十代半ばに差しかかるだろう熟した大人なのに、そういう仕草をする彼は時々、学生みたいに幼く見える。

「とにかくなにか贈らせてくれよ。なんでもいいから」

「じゃあ、腕がいい」

「腕？　俺の？」

「うん。寝るときに撫でてもらうの好きだった」

呻《うめ》きながら、アツタさんは眉間にしわを寄せて考え込んだ。腕を交差させて両肩を包み、肘、手首へと撫で下げてからしげしげと左右のてのひらを開いて眺める。私はなにも言わずに返事を待った。やがてこちらを向いたアツタさんは、利き手でなくていい？と穏やかに聞いた。

「いい。いいよ、もちろん」

「じゃあ、左腕な。うん、義手《ぎしゅ》もいいのが出てるし、そんなに仕事で困ることもないだろう。いいよあげる。十年だもんな。ずいぶん世話になったし」

アツタさんはそう言って、右手を左肩へ当てた。骨が皮膚を押し上げている部分に親指を添えて、くっ、くっ、と押しながら曲げた左肘を小さく回す。不意に肩の位置ががくんと下がり、体に不自然な段差が出来た。アツタさんはもう一方の手で力の失せた左腕をつかみ、軽く回転させてぴりぴりと皮膚を破りながら、慎重にちぎり取っていく。

「はい、どうぞ。大事にしてね」

「ありがとう」

渡された温かい腕を素肌の太腿に乗せる。胴体から離れた腕は思ったよりも重く、抱えるのに力がいった。やわやわと戸惑い混じりに揺れる指に、こちらの指を絡ませる。指は迷いつつも動くのをやめて、ひとまず環境の変化を受け入れてくれた。

「嬉しい」

「そりゃよかった。俺も、ユマちゃんと一緒にいて楽しかったよ」

元気でね、幸せになるんだよ、と最後に私の頭を撫で、ぎこちなく片腕だけで服を着たアツタさんはホテルの部屋から出て行った。扉が閉まる。オートロックがかかり、この腕は本当に私だけのものになった。

ふと、別れを告げられた瞬間の悲しさが引いていることに気がついた。むしろ、ずっとこわかったものを無事にやり過ごしたような、必要なものを守り切れたような、そんな充足感すらある。膝の上にうずくまる腕をそっとシーツへ下ろしてみる。腕は一瞬だけ私の膝へ指先を向けて未練をみせ、けれどすぐに糊《のり》のきいたシーツへ気持ちよさそうに横たわった。

アツタさんの左腕は私に比べて色が薄い。手は平べったく、表面に幾筋もの血管が走っていて、指の形が四角い。爪は深爪気味で、白い部分が見当たらなかった。指を動かしたり手をねじったりするたび、手首と肘の内側に挟まれた柔らかい側面にうっすらと

数本の筋が浮き上がる。私はそれが好きで、この腕がアツタさんの体についていたときにもよく触らせてもらっていたのだけど、あまり触ると「なんかぞわぞわする」と逃げられた。

腕に浮き上がった筋を、肘から手首の方向へすっと撫で上げる。腕はわずかに指を揺らす程度でそれほど嫌がらない。そばに寝転んで顔を寄せ、筋と筋が作る薄いくぼみを舐めてみた。くすぐったかったのか腕は何度かシーツを叩き、肘をたわめて私の頭を抱え込んだ。体についていたときとまったく同じ動きで、前髪の生え際を撫でられる。

短く眠り、チェックアウトの時間ぎりぎりにホテルを出た。帰りにデパートで人体パーツ用の点滴セットを買った。電車でも町中でも、私は自分の腰に巻き付かせた腕とコートの内側でずっと手をつないでいた。

単身赴任中の家族がさみしくないようお守り代わりに指を贈ったり、若い恋人達が腕を交換したりというのはよく聞く話だが、よほど親しくなければ行われない風習なので、私が誰かの腕を手に入れるのは初めてだった。うちになじんでくれるか心配だったけれど、始めてしまえば腕との暮らしはとても快適だった。

日中は、窓辺に置いたクッションの上で日光浴をさせ、市販の栄養剤を点滴しておけばいい。仕事から帰宅する頃には、みっちりと重くなった元気な腕が嬉しげに迎えてく

れる。抱き上げて一緒に風呂に入り、指の一本一本、手の甲のしわ、爪の間まで丁寧に洗い上げる。柔らかいタオルで水滴をぬぐい、保湿クリームを塗ってから清涼感のある香水を一吹きする。清潔で温かく、いい匂いのする男の腕を抱きしめているだけで、一日の疲れが抜けていくのを感じた。

お湯で皮膚が柔らかくなった腕を膝に乗せてビールを飲み、録り溜めていたテレビ番組を観る。時々、指が悪戯を仕掛けるように体を這い上ってくる。頬に触れられたのをきっかけに人差し指を噛むと、うっすらと甘い脂と塩の味がした。もぞもぞと口の中へもぐり込み、アツタさんと同じ仕草で舌をくすぐられる。腕は、人なつこくてさみしがりだった。いつも紳士的で弱みなんて微塵も見せなかったけれど、きっとアツタさんにはそういうところがあったのだ。

一人で暮らしていると、欠けている、と思う瞬間がどうしても出てくる。お腹がいっぱいで仕事も順調で、明日もとりあえずなんとかなりそうで、いい、という状態でも欠けている。私だけがいいと思うのではなく、誰かにいいと言われたくなる。

アツタさんは会うたびにいつも褒めてくれた。がんばってる、えらい、ちゃんとしてる。そういう言葉を差し出す代わりに、自分は一回り若い女を魅了しているという自信をホテルの部屋から持ち帰っていたのだろう。アツタさんがいなくなるのはこわかったけれど、アツタさんの腕は充分に私を褒め、いたわり、甘やかしてくれた。生活がくる

りと丸くなり、これ以上望むものがなくなる。

休日の午後に、来客を告げる呼び鈴が鳴った。私は一週間分の汚れた衣類を洗濯している最中で、買い替え時の古い洗濯機ががたがたごとごとごうんごうんと部屋中に騒音を広げていた。

はーい、となにも考えずに扉を開ける。宅配業者にも訪問販売にも見えない、一目で高級品だとわかるカシミアのワンピースをさらりと着こなした美しい女が立っていて、驚いた。なぜか女の方も、私を見て意外そうに目を大きくする。

私がなにか言うよりも先に、女は「アツタです」と切り出した。

アツタ？ と間抜けに聞き返し、五秒たってようやく彼女の正体がわかる。あ……あーあー、アツタさん、はい、ええと、こんにちは。

こんにちは、とよく響く声で返し、妻は口をつぐんだ。まだ表情に戸惑いがにじんでいる。目鼻立ちの整った端整な顔立ちだが目尻の辺りにどことなく陰があって、それが一層彼女を魅力的に見せている感じがした。光の帯をまとう健康的なロングヘア。薄化粧にもかかわらず白くなめらかな肌。赤が強めの口紅を差しているのが、小さな薔薇をくわえているみたいに可憐だ。

ごうんごうんごうん、ざざー、しゅーこっ、しゅーこっ。濡れた衣服を脱水する音が、見つめ合う私たちの間にすべり込む。

「今、洗濯中で。部屋がうるさいから、どこか外に行きませんか」

「あ、いえ」

妻の目線が一瞬私の胸元をさ迷う。薔薇の唇がそっとほころび、手短に、と言葉を紡いだ。

「主人の腕を返して下さい」

洗濯機よ、もっとうるさくうなってくれ。この人を追い返せるぐらいに。願いもむなしく洗濯完了のアラームが鳴り響き、部屋は静けさに包まれた。すっぴんの私は寝癖のついた髪にスウェット姿で、彼女を部屋に招き入れた。


アツタさんの妻が美しかったことが、こんなにショックだなんて思わなかった。小学生の息子二人を毎日叱り飛ばしているという話を聞いて以来、小太りで力強い肝っ玉母さんのイメージを勝手に作っていたのかも知れない。こんな人がそばに居てどうして外に女を作る必要があったのだろうと、十年も一緒にいたアツタさんが急によくわからなくなる。

カーペットに散らばっていた乾燥済みの洗濯物やアイロン台を片付ける間、妻は特に感情を見せずに汚れた食器の残る流し台のそばで私の部屋を見回していた。

「あの人もここに来たことがあるの？」

「はあ？　ないですよ。こんなところにお金持ちの社長さん呼んでどうするんですか」

急に妻が黙ったので怪訝に思って顔を見ると、なぜか目を逸らされた。マグカップにインスタントコーヒーを用意し、やっと片付いたローテーブルに向かい合わせに並べる。

「よくわかんないけど、これ飲んだら帰って下さい。私も忙しいんです。洗濯物干さなきゃいけないし」

妻は立った位置から動かず、コーヒーはいらない、と首を振った。

「腕を返して。そうしたらすぐにいなくなるから」

「返してもなにも、あれは私がもらったものです」

「なんでそんなに偉そうな態度とれるの」

長いため息をつき、妻はぐるりと首を回した。

「結婚してるの。私、あの人と」

「知ってます」

「あの人の体は、指の先まで私のものよ。二人で勝手に決めて、本当にあなたたち信じられない。なんでそんなひどいことができるの」

「アツタさんの体は、アツタさんのものじゃないの？」

当たり前のことだと思って聞いたのに、白い顔にみるみる血の気を上らせ、妻は凄絶な怒りのこもった目で私を睨んだ。口元だけが引き攣《つ》れるように笑っている。

「結婚式の、誓いの言葉って知らない？　知らないよね。病めるときも健やかなるときも、喜びのときも悲しみのときも、お互いを愛し、敬い、貞節を守ることを誓います。貞節を守るって言うのはお互いを捧げるって意味よ。だから、あの人の体は私のものなの。とっくにあの人のものではないの。それなのに腕を誰かにあげるなんて、馬鹿げてるわ」

知らなかった。結婚とは、自分の体が自分のものではなくなる、という意味だったのか。この妻は少し頭がおかしいのだろうか。それともこれは結婚をしている人にとっては当たり前の価値観なのか。

「アツタさんの体はあなたのもので、……じゃあ、あなたの体はアツタさんのものなの？」

「そうよ」

意識の主に所有権がない、奇妙な物体として見る妻の体は妙に艶めかしかった。ワンピースの袖口から、粉をはたいた大福みたいに柔らかそうな腕が伸びている。少し考えて、口を開いた。

「じゃあ、代わりにあなたの腕をちょうだい。アツタさんは私に腕をくれるって約束したもの。あなたの体がアツタさんのものなら、あなたの腕をもらっていいってことだよね」

妻は目を見開いて口を開け、一度閉じ、また開いて、しぼり出すような声で、なんでそうなるの、とうめいた。私は答えずに黙って妻を見つめる。長い間考え込んでいた妻は、やがて青ざめた顔で私を見た。

「あの人の腕は返してもらう」

「もちろん」

「二度と近づかないで」

「約束します」

「じゃあ、いいわ。——約束を破ったら、この腕があなたを絞め殺すから」

「ちょっとどきどきしますね、それ」

妻は腕を外したことがないのだという。私はおびえる彼女の左肩に手を添えて、柔らかい皮膚に親指を埋めながら腕と体の境目を探した。人の体の節々に存在する、角度を付けて力をくわえれば簡単に外れてしまう脆い部分だ。皮膚の下、節と節の接合点を見つけ、指の腹で軽くなぞる。

「ほら、ここ」

あ、と妻は小さくうめいた。触れた二の腕に緊張が走るのを感じ、作業を急ぐことにする。

「外しますよ」

「待って、あ、あ……あっ！」

ぽき、と軽い感触が手に返った。皮膚の内側で、妻の腕ががくんと重たげに位置を下げる。私は小指の爪で皮膚に小さな傷をつけ、そこからぴりぴりと裂け目を拡大させて白い腕をちぎり取っていった。妻は体を硬直させたまま、時々肩を震わせる。

「そんなに痛くないでしょ？　なにかいや？」

「なんで……なんで私が、こんなみじめな思いばかりするの。私はなんにも悪くないのに、悪いのはあなたたちなのに、どうして、ん」

痛みでも走ったのか、妻は言葉を詰まらせた。耐えるように身を縮め、しばらくして長く息を吐く。

「私を痛めつけて、それなのにぜんぜん愛し合ってないのね、あなたたち。後先考えないで、その時だけ良ければばって感じで……信じられない。こんな下らない関係性のために傷つかなきゃならないの？　あの人も、あなたも、本当に理解できない……」

うつむいた妻の鼻先から数粒の涙が落ちる。この人が私に請求した慰謝料は、アツタさんが独身時代の貯金で簡単に支払ったと聞いている。

ぷちんと残った皮膚が裂け、ふっくらとなめらかな女の腕が私の膝に転がった。腕をもがれた妻の肩口は内側に向けて浅くえぐれ、艶めかしいピンク色の断面をのぞかせている。傷口に残った手を当て、妻は静かに泣き続ける。

「ねえ、そんなに理解できない旦那さんの腕でも、欲しいものなの？」

「当たり前でしょう！　あの人の腕があなたのところに残るなんて許せない。それじゃあまるで、あなたたちが正しい関係みたいじゃない」

妻はどうしてこんなに辛そうなんだろう。きっとアツタさんを愛しているからだ。腕さえあればいいかなと思っている私とは全然別の次元で、それこそアツタさんの全身を丸飲みしそうな勢いで愛しているからだ。そこで私は、もしかして妻は大事なことを知らないのではないかと思い至った。

「アツタさんはあなたとお子さんのことを世界で一番愛してるよ？　いつも、あなたとどこどこに行って楽しかったとか、お子さんが今日こんな事をしてみたいな話ばかりしてた」

喜ぶかと思ったのに顔を上げた妻は、ひどく暗い、虚ろな目をしていた。

「じゃあ、どうしてあの人は私以外の女とセックスするの？」

どうして？　どうしてだろう。どうしてアツタさんはあの日、若かった私をホテルに誘ったんだろう。それはきっと、私がその誘いに乗った理由と同じようなもののはずだ。

「なんとなく？」

妻はぐしゃりと顔を歪め、目元を押さえて泣き崩れた。片手しかないので、目尻から次々に押し出される丸い涙がよく見える。本体の悲しみから切り離された左腕は、私の膝でゆっくりとてのひらを開き、握り、また開き、と深呼吸でもしているみたいな穏やかな動きを繰り返した。

泣いている妻はそのままに彼女の腕を寝室に運び、寝乱れたベッドへ横たえる。窓辺で一休みしていたアツタさんの腕から点滴のチューブを抜き、傷口に小さな絆創膏を貼った。午前中ずっと日に当たっていた男の腕は、中からぐんぐん熱が放たれていて、触れているのが気持ちよかった。私に気づき、肉厚のてのひらで頰を包んでくれる。一瞬、手放すのが惜しくなった。けれど、ベッドの上でころころと転がるほっそりとした腕も悪くない、と思い直して居間へ戻る。

妻はぼう然とした顔でローテーブルの前に座り、いらないと言っていたコーヒーを飲んでいた。にじんだマスカラで目の周りがぐしゃぐしゃだ。みっしりと重い男の腕を差し出すとなにを間違えたのかカップを持つ手で腕を受け取ろうとし、波だったコーヒーが男の腕にかかった。

「ああ、やだ、あー……」

妻はぎこちなくコーヒーのカップをテーブルへ置き、ティッシュをとって夫の腕に跳ねたコーヒーを拭き取った。最後にやっと空にした腕で夫の腕を抱き留める。ため息と一緒にあふれた涙はぬぐわれることなく、頰をすべり落ちていく。

アツタさんの腕は抱く人間が変わったのを感じたのか、しばしゆらゆらと指先をさ迷わせ、やがて妻の肩に触れると首筋、頬へと撫で上げて指に触れた涙をぬぐった。いつも私にしているのと変わらない、優しい自然な仕草だった。反射的なものだとすぐにわかった。この腕は誰にでもこういう触り方をするのだ。妻は私の顔を見て、ぽつりと針を刺すように言った。

「あなたの他に、手を出していた子が二人いたわ」

「はあ」

そりゃあいるだろう。あれだけいい男なのだ。わざわざそれを私に伝える意図がわからずに見つめ返す。私の視線を受け、じっと考え込んだ妻はもう一度はあ、とため息を落として立ち上がった。夫の腕をむき出しのまま小脇に挟み、なにも言わずに部屋を後にする。玄関の扉が閉まるのを見届けて、私は寝室へ向かった。

ベッドの上に妻の腕の姿はなかった。いっちゃったよ、と呼びかけてみる。すると、片隅に丸まったかけ布団の下から白い指がおずおずと這い出した。ベッドの縁に腰を下ろし、妻の指のそばへ私の指を伸ばす。

妻の指にはベージュにシルバーのラメを散らした繊細なネイルアートが施されていた。見れば見るほど可憐で、美しくて、一輪の花が横たわっているみたいだ。人差し指の先を軽く合わせ、くるくると円を描くように触れながら、仲良くしようよ、と呼びかける。

妻の腕はなかなか動かない。だめかな、と思った頃にやっと数センチ進んで、私と指を絡ませた。

控えめで臆病な妻の腕は、慣れてしまえばアッタさんの腕よりもよっぽど私になついた。四六時中、抱き上げろ、そばにいろ、と伸び上がって訴える。最低限の栄養補給は受け入れるものの、それ以外は常に私の腰に絡んでいることを望んだ。何度やっても点滴に慣れず、針がふつりと入るたび、怯《おび》えたように指先を震わせる妻の腕は無邪気で、痛ましくて、途方もなくかわいかった。たっぷりの湯と泡で洗い、最後に花の香りのするクリームを擦り込んだ柔らかい腕と、指を絡ませて眠るのは幸せだった。アッタさんの腕と妻の腕の性質を引き比べ、似合いの夫婦だとしみじみ思う。アッタさんが「愛している」とことある毎に口にした理由が、よくわかる。

腰に妻の腕を絡ませて外出することが増えた。妻の腕は鮮やかなもの、華やかなものを好み、何気ない瞬間に私の服を引っぱって「あそこに花が咲いている」「あのお店の飾りつけがきれいだ」と教えてくれた。私は自分では絶対に使わない可愛らしいマニキュアやブレスレットを大量に買い込み、嬉々として妻の腕を飾った。

一緒に暮らすうちに、妻の腕が行きたがる公園を見つけた。町の中心から少し外れたそこは静かで広葉樹が多く、中央に水鳥が遊びに来る池がある。久しぶりにランニングでもしようと訪れたところ、腕はわざわざ私の腰から肩まで這い上って気持ちよさそうに風を浴び始めた。体にくっついていた頃によく訪れていた場所なのかもしれない。喜ばせたくて、それから週に一度は散歩がてら足を運ぶようになった。

公園には様々な樹木が植えられている。入り口にほど近い梅の木から、ぐるりと池の外縁を回り、売店近くの椿までが大体一キロ。椿から始めの梅までが三百メートル。そんな風に距離を測りつつ、体調に合わせて池の周囲をぐるぐる回る。

ある日、ランニングの最中に妻の腕がく、と私の髪を引っぱった。なにかと思って足をとめると、いつも目印にしている椿を指差している。ちゃんと数えたよ、と口にしても示すのをやめないため、もしかして木陰に猫でもいるのかと近づいた。

椿の群生の奥に、腰の高さほどの見慣れない低木が顔を覗かせていた。こんな木、植わっていただろうか。卵形の厚みのある緑の葉。すんなりと伸びた枝。いや、品種自体は何度か見たことがある。確か、実家の生け垣に使われていた。

「くちなし？」

私の膝へ移った妻の腕が、手を伸ばしてそっと木の幹へ触れた。こんな反応見たことがない。くちなし、好きなの？　と呼びかける。白い腕は、黙って熱心に木を撫で続ける。五分ほどその場にしゃがみ、今度鉢植えで買ってあげようか、と声をかけてから走り去った。

その夜、不思議な夢を見た。私は泣きじゃくるアツタさんの妻の前にしゃがんでいた。待っても、待っても、待っても、待っても、彼女は泣くのをやめない。体全体が青い悲しみで染まっている。

「とりあえず腕だけでも」

そう呟いて、私は彼女の体からいとしい腕を外す。悲しみから離れた腕はふんわりと白く輝き、素直さと柔らかさを取り戻す。まだ彼女は泣き止まない。もう一方の腕も外した。これで、彼女の六分の一ぐらいは泣き止んだことになるだろうか。スカートをたくし上げ、ふくよかな足の付け根を押して両足も外した。ブラウスのボタンを外し、生白い皮膚を指の腹で撫でて胴体の境目を探していく。へその真下、みぞおち、乳房の間。見つけた境目を片端から切り離し、どんどん妻を小さくした。

「愛してるって辛くない？」

問いかけても、うなだれた妻は答えない。首の半ばの境目で頭と胸を離した。悲しみが残ったのは胸で、輝いたのは頭の方だった。はっと夢から醒めたように、美しい生首がしゃべり出す。

「傷ついた部分を切り離したら、こんなに楽になるのね」

「よかった。もっと切り取ってあげる。一番悲しいところだけ捨てよう」

青白い胸を開き、ろっ骨の内側も選り分けていく。外側から順に切り取って、切り取って、悲しみの中枢《ちゅうすう》を探す。心臓の裏側にそれはいた。人差し指ほどの長さの、ぽたぽたと赤い涙をこぼす小さなトカゲだ。頭は黒く、胴体から尾へ向かうにつれて、透き通った群青色がにじみ出す。

「つかまえた」

「ああ、素敵。これで本来の私に戻れる」

妻の生首は花のように微笑んでいる。私は悲しみを握り潰そうと指に力を込めた。ぱたたっと細い尾がわななかいた瞬間、光り輝く肉体ではなく、本当はこの薄暗いトカゲの方が妻の美しさを作っているんじゃないかとためらった。

まぶたを持ち上げてまず最初に、気持ちよさそうにシーツへ横たわる白い腕が目に入った。腕はいつだってかわいくて優しい。断片を愛する方が簡単だ。その人へ向かう感情も、濁《にご》ることなく澄んでいられる。妻みたいに丸ごとを愛して、丸ごとを欲しがり、丸ごとを管理しようとするのは大変だ。

妻の腕は過大な責務から解放されたことを喜ぶように、指の一本一本まで輝いている。

椿の裏のくちなしは、公園を訪れるたびに異様なスピードで大きくなっていった。みるみる幹を太くして、枝を伸ばし、一回り二回りと葉の範囲を広げていく。

ひと月もすると幹が途中で二股に分かれ、ねじくれて鎖のように絡みながら伸びるようになった。勢いよく茂った葉が一方向に傾き、地面へ雪崩《なだ》れている。奇妙な存在感を放ち始めた木を、妻の腕はいつもいとしげに撫でていた。

アツタさんの妻に再会したのは、夏に向けて大気が熱を孕み始めた六月の夕方のことだった。公園に入った瞬間から濃厚な甘い匂いに迎えられ、咲いているんだと気がついた。いつもとは逆回りに軽く走り、くちなしの前に一人でたたずむ女性を見つける。

「お久しぶりです」

「あら」

白いシャツワンピースを着たアツタさんの妻はいくらか痩せて、頬に薄い影が差していたものの、相変わらず清らかに美しかった。私の肩に乗った自分の腕を見て、おかしげに目を細める。

「元気そう」

「ええ、仲良くしてます」

「なんかムカつく。こっちの腕よりいきいきしてるわ」

アツタさんの妻は左肩に装着した義手で、右腕の袖をまくって見せた。私が連れている左腕の方が明らかに色艶がいい。こちらの腕は毎日毎日愛される以外になにもしていないのだから、当たり前だろう。

咲きましたね、と声をかけ、妻と並んでくちなしの木を見上げた。始めは腰丈だったのに、いつしか私の背の倍以上の高さとなったくちなしは、茂みのてっぺんから根本まで、てのひらに似た白い花をびっしりと咲かせていて、まるで幅広の滝のようだった。公園を散策する誰もが足を止めてため息をつく、あまりに奇妙で、あまりに見事な存在になっていた。

唐突に、あの人は、とアツタさんの妻が口を開いた。

「もうさっぱり女遊びをやめて、私だけを見て、毎日子供達の相手をしてるわ」

「ええ、すごい」

「信じられる？」

妻は口元に笑いを乗せたまま、私の目を覗き込んだ。冗談めかしているけれど、よく見ると目が笑っていない。

「信じられないです」

「ふふふ、簡単よ。私を愛する夫の中に、私を裏切る生き物が紛れ込んでいたの。少しずつ体を切り離して、中を覗き込んで、やっとつかまえたわ。びっくりするほど醜くて、弱くて、下品な生き物だった」

するり、とトカゲの尾の感触が私のてのひらを通り抜けた。にこやかに妻は続ける。

「これから家族としてやり直していくのに、あの人の体に戻すわけにはいかないから。鉢植えのくちなしの枝を折って、中に入れたの。植え替えのときはドキドキしちゃった。

ちゃんと根づいてくれてよかった。これでやっと、まともな生活が送れるわ」

一片の陰りもなく微笑む妻は今までで一番幸せそうで、なぜだかひどく醜かった。きっと悪い生き物が中に紛れ込んだのだ。よかったですねと笑いかけ、私は腰に巻き付いた腕をお祝い代わりに彼女へ返した。もう妻の腕の魅力は消えて、ただの女の腕にしか見えなかった。

腕を受け取った妻は、狂ったように咲くくちなしを見上げてぽつりと呟いた。

「愛なんて言葉がなければよかった。そうしたら、きっと許してあげられたのに」

妻の体内を這い回る、醜くて弱くて下品な生き物を思う。不完全な愛しか抱けない私の中を這うものと、どちらの方が醜いだろう。

愛から逃れた景色はどうですか、とくちなしの滝へ呼びかけ、私はランニングに戻った。

花虫

アトリエに入ったときから、不思議な甘い香りがすると思っていた。焼き菓子とかチョコレートとか、そんな存在感のある確かな香りではなく、首の向きを変えるだけでも途切れてしまう、つかみどころのないかすかな香りだ。そのくせ一度気づいてしまえば、蜘蛛の糸のように鼻先にからみついて離れない。

室内では二十人ほどの生徒が木炭紙をセットしたイーゼルを手に場所取りをしていた。車座になった生徒達の中心で、ローブを肩に羽織った男性が手足を伸ばしたり角度を変えたりと講師の指示を受けてポーズを調整している。私はたまたまスペースの空いていたモデルの背後に席を確保した。やがてポーズが決まった男性はローブを脱いで裸になり、立ったまま腰に手を添えた姿勢でぴたりと動きを止めた。

男性は肩幅の広い痩せ型で、あばらや腰、肩胛骨《けんこうこつ》やくるぶしなど、骨が皮膚を押し上げている箇所の陰影が深かった。モデルとしては面白いけれど、けして抱き心地のいい体ではなさそうだ。そんな雑念も、時計を見上げた講師の合図とともにかき消える。目の前の小さな紙に、たった三時間でいかにあの肉体を閉じ込めるか。それだけが意識のすべてになる。

三十分ごとの休憩を、三回ほど挟んだ頃だっただろうか。部屋に入ったときに感じた香りが強まっているのに気づき、私は木炭紙から顔を上げた。空間と、陰影と、人間の皮膚と筋肉と骨と、それしかなかった深い水底から意識が浮上する。集中がほどけ、自分が女で、大学生で、絵がうまいと思い込んで入学したものの、実際に美大に入って周囲と比較したら大した才能はなかったこと、それはともかく帰りにトイレットペーパーを買って帰ることなどが芋づる式に頭にあふれる。

香りは、モデルの男性の方から漂ってきていた。

全裸で同じ姿勢のまま、四方八方から針のような視線を浴びるのは精神的にも肉体的にもかなりの負荷がかかる。すでに疲れきっているだろうに、男性ははじめに作ったポーズを微塵も崩していなかった。腰に当てた指の角度まで変わらないのだから大した根性だと思う。脈を打つ一本の樹になった彼の、後ろ姿からふわふわと香る。香水でも付けているのだろうか。ただ、それにしては癖のない生物的な香りだ。

まっすぐな背骨の渓谷、平たい尻の割れ目、軽くふくらんだ膝の裏。骨っぽい体を目で撫で下げ、ふと、くるぶしに奇妙なものを見つけた。涼しげな黄緑色をした、なんだろうあれは。小指ほどの大きさの、細長くきらめく物体が男性のくるぶしから生えている。

物体は少しずつ根本の近くをふくらませ、複雑に折り畳まれたものを傷一つつけずに開いていく繊細な速度で、先端から順にほどけていった。内部にはエメラルドグリーンの薄片《はくへん》が幾重にも重なっている。

一番外側の数枚がはしたないほどの野蛮さで反《そ》り返り、続いて密に生えそろった内側の薄片が恥ずかしげにほころんだ。もうなにも隠しようがないとばかりに開ききった瞬間、眩暈《めまい》を感じるほど濃厚な香りがどっとこちらへ押し寄せた。それは、花だった。少なくとも、傍目からは花にしか見えなかった。花弁の表面にはレース編みを連想させる細かな模様が散っている。エメラルドグリーンに見えたのは花弁の先端部で、花の中心に向かうにつれて色合いは眩しい蜜色に変わっていく。なんてきれいで、いやらしい花だろう。

私と同じく男を凝視している周りの生徒たちは、人格を持った生身の人間ではなく、課題の対象を見る醒めたまなざしを変えていない。誰もくるぶしに咲く花など見えていないかのように、淡々と木炭を走らせている。私一人が静かに燃えて、人の体から生えた奇怪な花に欲情していた。焦がれたまま、男の背中を描き続ける。指先を、首筋を、くるぶしの花を。

終了のチャイムが鳴り響き、我に返って見上げた先、男の足元に花など一つも咲いていなかった。ローブをまとった男がふらつきながら手近な椅子へ座り、ぐるぐると肩を回す。講師と言葉を交わし、ふいにこちらを振り向いた。男は肉食の鳥を思わせる鋭い顔つきをしていた。精悍《せいかん》で整っているが、ぎろりと動く黒い目に言いようのない酷薄さがにじんでいて、それがまた奇妙に美しかった。男はなにかを探す素振りで自分を囲む生徒達を見回し、やがて私に目を留めた。ずかずかと大股で近づき、力強く腕をつかまれる。

「やっと会えた」

熱をはらんだ抗いようのない声で告げて、笑う。それがのちに私の夫となるユージンとの出会いだった。

あの時、ユージンは私の右の目尻に淡い紫色の花が咲いているのを見たらしい。運命で結ばれた恋人同士に見えるという幻の花。知り合いにも、花が引き合わせた夫婦は多い。

たった一度だけ目にしたユージンの花は、私の大切な宝物の一つになった。実際に彼と体を重ねたときよりも、無我夢中で花を描いていたときの興奮の方が激しかったくらいだ。目を閉じれば、とろけるようなエメラルドグリーンがいつでも浮かぶ。

「裸で人の前に立つってどんなものかと思ったけど、そんなにすごいことでもなかったな」

ユージンはデビューしたばかりの小説家だった。まだ作品数が少なく収入が不安定で、モデルの他にも様々なアルバイトをかけ持ちしていた。小説の糧にするのだという彼が選ぶ仕事は、耳慣れないものが多かった。

「葬儀社で遺体を洗ったり、死化粧をしたり。あとは、ゴミ処理施設に勤めていたこともあるな。化学工場の事故で汚染された地域の除染をした夜は、緊張してなかなか眠れなかった。本当のことを知ると世界が変わるよ。ナナもクリエイターを目指すなら、一度はやってみるといい」

時々文芸誌に掲載される彼の作品は、いつもなんらかの極致を目指していた。愛憎の極致、善悪の極致、美醜の極致。本当のこと、とよく口にする彼は、もっとも恐ろしいもの、目を背けたくなるものと向き合うことが芸術の神様に愛される資格だと思っている節があった。

神様なんかこれっぽっちも見えない私は、卒業後ごく普通の飲料メーカーに就職し、しばらくしてネット公開した趣味のイラストが出版社の目に留まって細々とした仕事を受注するようになった。出会いから五年ほど交際を続け、ユージンが中堅作家向けの文学賞を受賞したのをきっかけに私たちは籍を入れることにした。

花が見えたと告げたところ、私の両親は大喜びした。自分たちも出会ったときにお互いの体に花を見た運命の夫婦だからだ。間違いのない相手だ、必ず幸せになれる、と両親だけでなく両家の親族は誰も彼もが私とユージンの結婚を祝福した。

「その花ってさあ、見つけたときにどんな気分になった？」

ただ一人、口を挟んだのが大学で医学を専攻している弟のハルトだ。ハルトはまだ、自分の運命の相手に会ったことがないのだという。

「体温が上がった？　脈は？　遠目からでも花は見えるものなの？　花が咲くのって普通は数十分とか数時間とかそれなりに時間がかかるものだけど、運命の花も同じなの？　どんな形で、花弁の数はいくつだった？」

矢継ぎ早な質問を受けながら、花を見てまず感じたのが欲情だったことをどう説明しようかと迷い、考えるうちに面倒になって、やっぱり話の矛先《ほこさき》をずらすことにする。

「そんなこと聞いてどうするのよ。心配しなくても、そのときが来たらちゃんとわかるって。あと、咲くまでの時間とか花弁の数とか、やめてよ。もっと神秘的で素敵なものなんだから」

「うちの研究室で追ってるテーマの一つなんだよ。運命の花って目撃件数は多い割に、当事者以外はなかなか認識できないから、観測するのが難しいんだ。遺伝子の恋とかなんとか言われてるけど、これだけたくさんの人間が見るってことは、なんらかの仕掛けがあるはずだ」

「仕掛けって……」

自分が大切にしているものを傷つけられた気分で少し黙る。そういうものではないのだ。もっと圧倒的で、特別で、理屈のいらないものなのだ。けど、実際に出会うまではわからないものなのかもしれない。

それから、圧倒的で、特別で、理屈がいらない出会いが私の人生にもう一度訪れた。結婚から三年が経ち、私は息子を出産した。

医師に血と羊水をぬぐわれながら顔を出した息子は、目鼻はつぶれているし、色は赤いし、シワシワだしで、けしてかわいいものではなかった。それなのに歯もない口をぽかりと開けて泣き叫ぶ小さな顔を見ながら、私の頭にはユージンの花を見たときと同じ、抗いがたい昂揚《こうよう》の波がひたひたと押し寄せていた。小さいのにちゃんと人の形をして、呼吸し、温かい血を全身に巡らせている。こんなに精巧なものが私の体から出てくるなんてまったく理解ができなかった。なにか人知の及ばないものから渡された気分で、壊してはいけない、とうわごとのように思った。

なによりもすごかったのが赤ん坊の泣き声だ。アア、と私の体の真芯を揺さぶり、早く泣き止ませなければと火のような焦燥感を搔き立てた。息子が少しぐずっただけでも、私は体に妙な薬でも流し込まれたみたいに呼吸がうまくできなくなり、動悸がして、不安に駆られ、どれだけ疲れていても立ち上がって世話せずにはいられなかった。不思議なことに息子の泣き声の魔力は、泣かせたまま平気で眠っていられるユージンには効かないようだった。

「赤ん坊の泣き声は救急車のサイレンとか踏切の警告音とかと同じで、すごく人間の耳に響きやすい、ぶっちゃけ聞き続けるとしんどい高さなんだ。世話をしてもらわなきゃ死んじゃうから、わざとそういう声で泣くようになってるんだろうな。産後、母親はホルモンの働きで赤ん坊が泣いたらすぐ起きるように体質が変わってるし、よくできてるよね」

当たり前のように私の苦痛を解説して、ハルトは実家に連れて行った息子を高く抱き上げて笑わせる。

この子と話していると、まるで自分があらかじめ決められた道筋を進む、意志のないロボットにでもなった気分になる。私はそれ以上ハルトとしゃべるのをやめた。

結婚に伴って家を出た私と実家暮らしの弟との間に接点など滅多になく、次に私がハルトの名前を口にしたのはそれから一年後、彼が所属する研究室がテレビに映ったときだった。

なんでも、全国の雑木林で普通に飛んでいる羽虫らしい。ほとんどの人間の体内にもぐり込んでいて、求愛行動と産卵に人類を利用しているんだとか。自然界ではちっぽけなサイズだが、人間の体内では宿主から養分を吸い取り、成虫はてのひらほどのサイズまで成長する。繁殖可能な時期になると宿主である人間の脳に微量のタンパク質を注入し、同種の虫を惹き寄せるフェロモンを発させる。発情した虫は本来は透明だった羽がさまざまな色に変化して、それを宿主の毛穴から外に向かって差し出すことで交尾可能であることをアピールする。これが運命の花の正体だという。

そのあまりに馬鹿げた研究結果の発表元として、ハルトの研究室が紹介されていた。よく晴れた木曜日の朝だった。情報番組のトップニュースで放送された内容に、私もユージンも、ミルクをせがむ息子が泣き出すまでたっぷり十分間は動けなかった。

『つーか、発表したんじゃなくて、教授のところに入り浸ってた記者が勝手に論文をリークしたんだ』

研究室には回線がパンクする勢いで苦情の電話が押し寄せ、報道に憤《いきどお》った市民が研究生に殴りかかる事件が発生したため、弟は実家でひっそりと待機していた。電話越しの能天気な声に、私まで弟を殴りたくなる。

「そんなこと聞いてない。あんた、頭おかしくなったの？　虫とかフェロモンとかなに？　人を馬鹿にするのもいい加減にしなさいよ」

ハルトは回線の向こうで短く口を閉ざし、やがてびっくりするほどいつも通りの気の抜けた声で、姉ちゃんはそう言うってわかってたよ、と言った。

いつのまにか背後に立っていたユージンが、真剣な顔で受話器に手を差し出していた。

彼はハルトと話し始めて五分もしないうちに、これから行くから、と実家で話し合う段取りを整えた。

羽虫が人間にもぐり込んでいる理由は人間の周辺環境を整備する能力を利用して、環境変化による絶滅を忌避《きひ》するためではないかと考えられているらしい。運命の花が咲く際、虫のみならず宿主までも恋に落ちるのは、同種の虫を惹き寄せるフェロモンを発する過程で、なんらかの興奮物質が体内に分泌されて生じる副次的な作用であること。虫が人間の体内のどこに巣くっているのかについては、特に情動反応を担う扁桃体の付近が有力視されていること。

「虫にとって都合のいいことを幸せだとか嬉しいだとか感じるように、脳を刺激されている可能性があるんだ。一番わかりやすい符合が、人間の死期について。産み付けられた卵が孵化する時期と、宿主の人間が埋まりたいって言い出す時期がだいたい一致してる。たぶん葬儀のあと、土に埋められた遺体は幼虫の養分になるんだろう」

人間にとって、死は平和で幸福なものだ。死にゆく人は誰よりも穏やかな顔をしている。だいたいは天気のよい暖かい日に、「もういい」と言い出す。もういい、目や肌が日射しに耐えられなくなってきた。もうこの世でやりたいことはなにもないから、ひんやりとして暗い、土の中で眠りたい。私たちはたくさんの花と豪華な食事で彼や彼女の一生をねぎらい、最後に深い深い穴を掘って死にゆく人に語りかけながら土を被《かぶ》せていく。私はそんな風にして何人もの親族や友人を見送った。明るくて尊い、お祭りの記憶。どうして目の前でさも賢《かしこ》げにしゃべる弟は、私が大切にしてきたものばかりを踏みにじっていくのだろう。どうしてユージンはこんなに馬鹿げたひどい話に、真面目な顔で相づちを打っているのだろう。

「なあ、虫を体から追い出す方法はないのか」

「ちょうど虫下しの試薬が完成して、臨床試験の支度をしているところです。この騒動が落ちついた頃にでも被験者の募集をかけようかって、教授が言ってました」

「俺を参加させてくれ」

「なにを言ってるの！」

背中で息子が眠っていることも忘れて思わず叫び、ユージンの肩をつかむ。振り返った夫は一瞬、まるで目の前にいる私が誰か分からなくなったような、虚を突かれた顔でこちらを見た。

それからなにを話しかけてもユージンは心ここにあらずといった様子で、「ああ」だの「いや」だのふわふわとした返事しかしなくなった。ハルトと別れて車に乗り、家に帰る間もそうだった。

気分転換になにか食べて帰ろうか、と呼びかけても、ああ、と頷くだけで車を停めない。ねえ、と再度口を開きかけ、私は言葉を止めた。ハンドルを握る夫の指が細かく震えていた。始めは小指から、中指、人差し指、手の全体へと伝わって、揺れは次第に大きくなった。まるで、大きな地震の前兆のように。

ニュースは繰り返し、繰り返し、人類を乗っ取っている可能性が提示された羽虫の映像を壊れた蛇口のように流し続けている。

その日の夜、ユージンはなんで君はそんなに冷静でいられるんだ、と髪を掻きむしった。

「いいか、こんなだぞ。こんなちっぽけな虫に脳みそをいじられて、利用されて、食料にされているかもしれない。それがどれだけ屈辱的なことか、君には分からないのか」

「でも、まだそうだと決まった訳じゃない。落ちつこうよ」

「なあ、信じたくないんだろう。そんなグロテスクでひどいことがまさか自分の身に起こるはずがない、ってたかをくくっているんだろう。冗談じゃない、俺はいくらでも見てきた。理不尽や暴力は、どんな人間の人生にも同じ気軽さで訪れる。俺や君にとって、それが今日だっただけだ」

夜が深まるにつれてユージンの憔悴《しょうすい》は増した。なにも食べず、眠らず、普段は飲まないお酒ばかり飲んでパソコンにかじりついている。着地点のない言い合いと、その声を聞いて不安定になった息子の世話に疲れ果て、寝かしつけを終えた私は冷凍庫から霜のついた冷凍パスタを引っ張り出して夕飯として温めた。

　橙色の光を浴びて回転する茄子とひき肉のトマトスパゲッティを眺めながら、昨日の私たちはとても幸せだった、と思う。私もユージンも締切が終わったばかりで、週末にはショッピングセンターに出かけて息子に初めての積み木を買うつもりだった。一緒に遊ぶんだ、城を建ててやるんだと、ユージンはとてもはりきっていた。

　虫？

　虫が、そんな私たちを操っている？

　信じられずに、天井へ片手をかざしてみる。親指から小指まで、指を一本ずつゆっくりと折り曲げる。どの指も、私の意思の通りにきちんと動く。もちろん毛穴や爪の間から触角や羽が覗いているなんてこともない。

　ふいにスマホが光を放ち、実家の母からの着信を伝えた。ディスプレイに表示された通話ボタンを押して耳へ当てる。

『えらいことになったねえ』

「ほんとだよ。ハルトのやつ、なに考えてるんだか」

『そう言わないでやって。あの子もだいぶ参ってるよ。どうせ、教授が生徒にあれこれ吹き込んでたんじゃないかね。こんな馬鹿げた話、飲むと痩せる水とか病気を治す魔法の石とかと同じで、ブームが過ぎれば笑い話さ』

「だといいけど」

回線の両側でため息をつく。一呼吸を置いて、それより話があるんだ、と母は切り出した。

『ばあちゃんが、埋まりたいって言いだした。次の日曜が式になりそうだ』

「あ、ほんとに？　わかった。うん、大丈夫だと思う」

壁に掛けたカレンダーを確認する。その日はなんのマークも書き込まれていない。出産を機に元いた会社を退職し、イラスト一本にしぼった私は、締切や打ち合わせさえ入っていなければ比較的自由に出かけられる。本当はこの辺りでショッピングセンターに行きたかったけど、ユージンがあの様子では日を改めた方がいいだろう。

通話を終えて皿に残っていたパスタの最後の一巻きを口へ運び、台所のテーブルを片付けて仕事の準備を始めた。私は大半の仕事をこのテーブルの上で行っている。広い天板に画材とノートと卓上カレンダーを並べ、まずは習慣通りにパソコンを開いてメールボックスを確認した。

そこで、ああ、と妙な気分になる。私は、自分の体が奇妙な虫に乗っ取られていると言われても、とりあえず仕事をするのか。それはそうだ。だって姿も見えない、痛みや感触もない、存在すら怪しい虫のために幸福な生活を放り出すなんて馬鹿げている。そこまで考えて、ふと、指先にかすかな痛みが走った。なにかを思い出す。

描いたことが、あった気がする。

がたん、と椅子を鳴らして立ち上がり、急いで寝室へ向かった。クローゼットの奥の埃を被ったダンボールを引っ張り出し、大学時代のスケッチや課題を掻き分ける。

古ぼけたB2サイズのファイルの中ほどに、若くしなやかな男の背中を見つけた。ユージン。私が心から愛した男。甘い甘いみだらな匂いがモノクロの紙面を越えて、記憶の中から立ちのぼる。

細く引き締まった男の足首には、弾けるように花弁を開いた小振りの花が咲いていた。当時の私はよほど興奮していたのだろう。ユージンの体よりも、花の描き込みの方が精密なくらいだった。わずかに先が反り返った花弁のカーブ。外から中へ向けて、とろけるように変化していく色の濃淡と、男の皮膚へ生々しく落ちた影。

照明を受けてひっそりと光る花弁の表面には、細かな模様が描かれていた。あの時はただ美しいと溺れるばかりで、深く考えていなかった。レース編みのような、葉脈のような、表面をいくつもの小部屋に区切る繊細な線が、花の中心から外側へと伸びている。

羽だ、と鈴が鳴るように分かってしまった。虫の羽だ。この線は、膜のように広がった羽を支える役割をもつ翅脈だ。ああ、どうしよう。ユージンは正しかった。

私たちの体には、知らない虫が棲んでいる。

日曜日、祖母が暮らすこぢんまりとしたアパートには大勢の親族が集まって、足の踏み場もないくらいだった。誰も彼もが花と菓子を持参するので、部屋の空気がもったりと甘い。台所では旺盛な煮炊きが行われ、次々と運ばれる料理を肴に、訪れた全員が祖母と乾杯をする。酒漬けになった祖母は頬を桜色に上気させ、この世に苦しみなんか一つもなかったと言わんばかりの穏やかな笑顔を浮かべている。

葬式に行く間の息子の世話を頼むと、ユージンは強く私を睨みつけた。君は親族を、大好きなおばあさんを、気味の悪い虫に食わせに行くんだ。そんなこと言わないで！と叫ぶ声に被せる形で、彼は続けた。虫を下す薬が認可されるまで、葬儀を延期するべきだ。馬鹿で情けない私は、判断が出来なかった。出来ないまま、ふらふらと祝いの白い服を着てこのアパートを訪れた。

「おばあちゃん、おめでとう」

決まり文句でもある祝辞を口にして、ビールの入ったグラスを差し出す。祖母は眩しげに目を細めて私へ笑いかけた。

「ああ、その声はナナだね。もう目が痛んでねえ、見えないんだ。ばあちゃんはもう行くよ。ありがとうね。お前と会えて、とっても楽しかった」

私は、ひどいことをしているのだろうか。祖母を虫に食わせようとする最低の孫なのだろうか。でも、この満ち足りた顔で微笑む祖母に不快な虫の存在を突きつけることが、本当に正しいことなのだろうか。

葬儀は結婚式とよく似ている。祖母の新しい旅路を祝ってみなが笑っている中で、私だけが表情を歪めていた。

玄関の方で、短いどよめきが上がった。

来たんだ、よく来られたよね、とにごった声に取り巻かれて居間に入ってきたのは、青白い顔をしたハルトだった。ちゃんと正装にあたる明るい色のスーツを着ている。酒のグラスを手にそばへと座るなり、おもむろに両腕を祖母の体へ回して抱きしめた。

「ばあちゃん」

「ハルちゃんかい？　どうしたよ、おっきくなったねえ」

「ばあちゃん、ばあちゃん、ばあちゃん」

繰り返し祖母を呼びながら、ハルトは声を揺らさずに泣いていた。ちょっとなんなのあんた、ふざけないで、と慌てた母が肩をつかんで引き離そうとする。ハルトは体全体で祖母を守るように囲ったまま、なかなかその場を動かなかった。

祖母はゆっくりと片手を持ち上げて、ぱん、ぱん、とハルトの背中を優しく叩いた。

「ばあちゃんはこんなだからね、難しいことはわからないよ。けど、お前はちゃんとやっていける子だ。それはばあちゃんが保証する。逃げないで、しっかりがんばるんだよ」

ハルトは奥歯を噛みしめて一つ頷き、やっと祖母とグラスを合わせた。その場でお酒を飲み干して、他の親族に席を譲る。

明るくまばゆい祝いの席で、弟のふるまいは痛々しいくらいに浮いていた。彼が好奇や揶揄《やゆ》の目に晒されるのが辛くなり、私はハルトの手を引いて祖母のアパートを出た。そばの公園のベンチに座り、弟の涙が落ちつくのを待つ。

「おばあちゃんを助ける方法ってあるの？」

ずず、と鼻をすすり上げたハルトは、力のこもった動作で首を左右に振った。

「民間人に渡せる薬なんてまだないし、なにより、虫を抜いたってここまで熟した卵は孵るだろう。……下手すりゃ、虫が作っている多幸感や痛覚の麻痺だけが抜けて、ものすごく怖い思いをしながら死なせることになる」

しゃべり終えて、彼は意外そうに目を丸めて私を見た。私はこの、人が背負い込んだ理不尽の最前線に立ってしまった不運な弟を見ながら、たまらない気分になった。

「ちゃんとお見送りをしよう。もう泣いたらだめだよ。おばあちゃんをこわがらせる」

「わかってるよ」

ハルトは水飲み場で冷やしたハンカチを腫れた両目に当てた。私も隣に座ったまま、なんの疑いもなく笑っていられた過去の葬儀を思い出して祖母を笑顔で見送るイメージトレーニングをした。こうして姉弟二人で過ごすのは、一体いつぶりだろう。

大きな雲が一つ、ゆっくりと太陽を通り抜けるぐらいの時間を置いて、ハルトは口を開いた。

「姉ちゃん、今の生活好き？」

「なに、いきなり」

「虫が作ったものだとしても、ユージンさんやリオくんとの暮らしを大事だって思う？」

すぐには答えが出せずに少し黙る。ハルトは目に当てたハンカチを外して、静かにこちらを見た。

「……虫の存在を知らなかったら、迷わずうんって言ったと思う」

ハルトは苦しげに顔を歪めた。私は言葉を続ける。

「でも、寄生されてるって言われても、この瞬間に存在を感じる訳じゃないし。よくわかんない。虫って、どのくらい私たちを操ってるの？」

「まだわかってない。とりあえず確実なのは交尾のときと卵が孵化するとき。宿主からすれば、パートナーに出会うときと死ぬときだな。他にも影響を及ぼしてる部分があるのかもしれないけど、表立った変化や特徴がないから、なかなか観測できない。ただ、虫が俺たちの幸福を感じる条件や、感情そのものに影響してるのは間違いないって言われてる。だから……姉ちゃんが今の暮らしに価値を感じるなら、ユージンさんを止めた方がいいと思う。少し前、虫下しの治験に正式に応募してきたんだ」

「あんたは、虫を出さない方がいいって思うの？」

珍しく、ハルトの返事に間が空いた。聞いた私自身もよく分からなくなって口をつぐむ。虫を、出さない？ それならこの子の研究とはなんだったのだろう。わざわざ不快になるために知らなくていいことを掘り起こしただけなのか。

迷い迷い、何度か口を開いては閉じることを繰り返し、やがてハルトは諦めたように首を振った。次第に日が陰り、風が冷たくなってきた。私たちは祖母のアパートへ戻った。

夕方、参列者たちは光に過敏になった祖母の体を厚い布でくるんで死者の森へと運んだ。事前に掘っておいた穴の底へ彼女の体を慎重に横たえ、声をかけながら一すくいずつ、穴に土を落としていく。

「やっと終わるんだねえ」

私が土をかける番になったとき、穴の底から声が聞こえた。

「おばあちゃん、疲れたの？」

「そりゃあもう。だいぶ前からくたくただったよ」

「そこは気持ちがいい？」

「ああ。どうしてだろうね、体もどこも痛くなくなったし、なんにも怖くないんだ。もういい、足りたって思うんだよ」

少し考え込むような間を空けて、祖母は続けた。

「神様はいるんだね。ばあちゃんは幸せ者だ」

足りたのは祖母の人生ではなく、虫の卵が熟すまでの時間だ。ここにいるのは神様ではなく、私たちを食い物にするおぞましい虫だ。それなのに祖母は私よりも、ハルトよりも、ここにいる誰よりも幸せそうだった。

「よく休んでね。おめでとう、おばあちゃん」

ケーキに粉砂糖でもまぶすように、私はてのひら一すくい分の土を暗い墓穴へ振りまいた。

参列者全員が別れの挨拶を終えると、私たちはスコップを手に黙々と残る穴を埋めていった。もう死者と話してはいけない決まりになっている。最後に祖母が好きだった杏の苗木を植えて、私たちは森を後にした。

ユージンが、じっと私と息子を見ている。

確かな距離を保ちつつ部屋の暗がりで息をひそめ、温度の低い観察者の眼差しを向けてくる。ユージン、と呼びかけると少し気配が震える。あぅあ、と息子が言葉になる以前のあやふやな声を投げかけるとさらに強く、なにかに怯《おび》えるように。

「君たちは偽物だったんだ」

そんなことを言うくせに、息子が寝ついてからでないとそれを口に出せない。私はそんなユージンを、かわいそうだと思う。

「君たちに会うまで、俺は好きな人間なんかこの世に一人もいなかった。運命とか神とか、そんなものが祝福してくれたんだと心のどこかで信じていた」

「ユージン」

「俺は、本当の世界に戻らなきゃならない」

「ユージン、お願いだから」

不快な物事から目を逸らす形で仕事が進むのが私で、まったく手詰まりになるのがユージンだった。本当のことしか書けない彼は、自分の体に巣くう虫の存在を知ってから一文字も書けずに締切を破り続けていた。

「虫を抜いたら、あなたはあなたでいられなくなるかもしれない。幸せと死、その二つの在り方が変わるのよ」

「いいんだ。たとえ目の前の景色が砂漠に変わったって構わない。その日から俺の正しい人生が始まる。虫けらが見せる幻や、死を甘やかす毒に汚されない、本当の」

本当の、本当の、本当の。雑《ま》じり気のない、本来の、正しく誠実な、なにからも歪められていない人生。それを求めずにいられない彼は、羽虫よりも厄介《やっかい》なものに操られているのではないか。

「リオのことがかわいくないの」

「かわいいさ、頭がおかしくなりそうなくらいかわいい。だからこそ嫌になる。リオをかわいいと思えば思うほど、虫けらに満たされていた自分の弱さに吐き気がする」

「あなたを愛している。家族だと思ってる。本当の愛を、私たちはちゃんと持っている」

「偽物だよ。君の脳に微量のタンパク質が注入されたんだ。相手が俺じゃなくても、君は同じことを言う。愛している、愛しているって」

欲情でも陶酔でもなく、人を哀れむ心まで、虫は作り出すことができたのだろうか。始まりは確かに虫が導いた欲情だとしても、私はきっとユージンを愛していた。彼の孤独も、歪みも、苦闘から生み出される痛々しく澄んだ小説も、尊いものだと感じていた。けれど彼は、自分が信じている幻の神様に背くことができなかった。長く苦しい議論の末、私はユージンを引き止める言葉を失った。

すべての言葉を潰されてなにも言えなくなった私を前に、ユージンはごめんなあ、と金属が軋むような呻き声を上げた。

「君たちは偽物だ。わかっている。でも、リオを頼む。ナナ、どうか元気でいてください。お願いだ。ごめんなさい。お願いだ」

虫にまつわるセンセーショナルな報道は、その後の続報がなかったことと、研究に携わった教授の一人が過去に論文をねつ造していたというスキャンダルに押し流され、あっという間に都市伝説扱いされて下火になった。ひと月が過ぎ、ふた月が過ぎ、ユージンが虫下しの治験に参加する日がやってきた。

体に害がないよう薄められた甘いシロップのような除虫剤を、複数回に分けて飲むらしい。羽虫は人体にとっては完全な異物だから、排除してもまったく問題はない。産み付けられた卵もよっぽど成熟した後期ならともかく、人の体温はこの羽虫の卵が孵化するには低いため、早期のものならそばで羽を震わせて発熱する親虫がいなくなった時点で、適切な温湿度が保てずに死ぬのだという。

きっとあなたたちは、前例なく長生きする幸せな人類の先駆けになります。説明を終えたクリニックのスタッフは、誇らしげに言って胸を叩いた。健康増進効果を示すデータがそろえば、すべての人間があなたたちに続いてこの薬を飲むことになる。人類の未来があなたたちにかかっているのです。

きらびやかな激励を受ける間、ユージンはちらとも表情を変えずにテーブルの上で組み合わせた自分の指ばかりを見つめていた。別室で健康診断を受け、血圧や脈拍を測りながら薬を飲み、小一時間ほど様子を見てから待合室に戻ってくる。ベビーカーに入れた息子をあやしつつ、私は立ち上がって夫を迎えた。

「どう？」

「なんともない。でも、まだ一回目だからな」

「うん」

関係の終わりが始まって、私たちは再び家族的なふるまいを取り戻した。ともすると前よりも強く結ばれて、愛し合っているように見えるぐらいだった。特にユージンが息子に触れる手つきには、見ていて胸が苦しくなるほどの慎重さと慈しみが込められていた。みずみずしくふくらんだ赤子の頬へ、短いまつげへ、こめかみへ、眉間へ、薄い耳たぶへ触れて、離れる。そして息子に触れた後には、必ず私の頬に温かい唇を押し当てた。

これほど愛しているのに、偽物だと怖がって捨てずにいられない。これがきっと虫ですら犯すことができなかった、いびつに曲がって光を放つユージンの魂の形なのだろう。それを愛した私の魂も、まだあまり表に出てこない息子の魂も、虫を含めた多くのものに蝕まれながら続いていく。

新しい積み木のセットで夫と息子は四種類の塔と、七種類の家と、十種類の城を作り上げ、私はそのすべてを写真に収めた。積み上げては崩し、積み上げては崩し、二人は偽物の完成を喜んで遊ぶ。

ユージンが四回目の薬を飲んだ夜、私は翌日提出のカットの仕上げに時間がかかり、寝室に入ったのはだいぶ朝方に近い時間帯だった。

扉を開けてすぐに嗅いだことのある甘い匂いが鼻孔へ押し寄せ、そのときが来たのだと分かった。ベッドに横たわった夫のそばに腰を下ろし、細い体を目線で撫で下げる。爪の切りそろえられた長い指、喉仏のとがり、肩の丸みから腰の線へ。無防備に投げ出された男の体に感じるのは、愛情でも欲情でもなく、ただずっと片手を当てていたいような穏やかな馴れだった。この世でたった一人、同じ寝台で眠り続け、水や空気に等しく私に馴染む存在が彼だった。

本当の愛なんかいらなかった。偽物でよかったんだ。どうして私は、ただそれだけの理由でユージンを引き止められなかったのだろう。呼吸に合わせて健やかに上下する彼の胸板を見ながら静かに泣いた。やがてシーツに伸びた細い足首の毛穴を押し広げ、透きとおったエメラルドグリーンの花が咲き始めた。花弁を開き、ゆっくりと熟れて、蠱惑的な香りを漂わせる。

咲ききった、と思った次の瞬間、花はぽとりとシーツへ落ちた。拾い上げると、ずいぶん軽い。花の裏側には、針金を編んで作ったような小さな虫の体がついていた。すでに死んでいて、節くれ立った六本の足がむなしく宙を掻いている。私はそれをティッシユにのせて、鏡台の上にとっておいた。遠目からは、花の形をした美しいブローチが置かれているようにしか見えなかった。

それからさらに小一時間後、カーテンのすき間からすべり込む朝日の眩さを受けてユージンは鈍い呻きと共に目を覚ました。

「おはよう」

呼びかけに、こちらを振り返る。寝起きの男は、たまたま窓辺に置かれていた特徴のない花瓶に向けるのと同じ目つきで私を見た。なんの感情も込められていない、平坦で固い眼差しだった。そこで私は、肉体と花と、二つに分かれた自分の夫が失われたことを知った。

「ユージン」

ほんのわずかな期待を込めて、名を呼んでみる。男はそれが自分の名だとも気づかない素振りでベッドから立ち上がり、クローゼットから清潔なシャツとジーンズを取りだして身支度を調えると一言もしゃべらずに家から出ていった。

一週間後、治験が実施されたクリニックから薬の製造を中止するとの通知が届いた。治験に参加した二十人全員が、四回目の薬を投与した直後に行方不明になったからだとハルトが後から教えてくれた。

一体どんな圧力がかかったのか、ただでさえ少なくなっていた羽虫にまつわる報道はその時期からさらにがくんと減って、テレビはおろか新聞や週刊誌でさえほとんど取り上げなくなった。人々は不愉快な都市伝説を忘れることを選び、新しい流行を追いかけ始めた。

なかなか落ち着かなかったのが、息子のリオだ。リオは父親の不在を不思議がり、特によく遊んでもらっていた眠るまぎわの時間帯には、火が点いたように泣き叫ぶようになった。叫び疲れてやっと眠る、痛ましい夜がしばらく続き、だけど私たちの様子を見に来てくれたハルトと積み木遊びをした日を境に、彼は少しずつ新しい生活を受け入れていった。

ハルトは運命の花の誘惑を拒んだ、恐らく人類史上初の人間になったのではないだろうか。

「捨てて外に出るか、内に留まるかの違いだけで、突き詰めずにはいられないって意味では俺もユージンさんと似てるんだと思う」

人生に一度きりだと信じられていた運命の花との邂逅を彼はすでに三度も体験し、そのすべてをはね除けている。ひっそりと継続されている研究の成果は、けして社会には公表されないものの、政府機関が買い取りを続けているらしい。運命だの神だの祝福だの、人がまとう曖昧で希望にあふれた幻をひたすらはぎ取っていく営みがどんな終わりに辿りつくのか、私にはわからない。ただ、ユージンや私がそうだったように、留めようのないものだということはわかる。

私は相変わらず偽物の世界で創作活動を続けながら、月に一度、死者の森に埋めた夫の断片に会いに行く。目印の苗木には、彼が好きだったオリーブの木を選んだ。木は数年もしないうちに私の背を追い越し、丸い小さな葉をそよがせて心地良い木陰を作るようになった。

「今日、リオが好きな女の子の話をしてくれたよ」

なめらかな木肌に片手を添えて話しかける。ここを去った肉体でもなく、ここに眠る虫の残骸でもなく、私は今でも、肉体と虫とが雑ざり合った、正しくない、誠実でもない、歪んだ偽物の状態に宿っていた、本物の私の夫に恋をしている。本物の、偽物の、本物の、偽物の。

「女の子の耳の裏側に、小さな花が見えたって。どうしようか、ねえユージン」

笑いかけると風がくるりと渦を巻き、頰の辺りを撫で去った。

愛のスカート

その話を持ち込んだのは、常連のチリコさんだった。

「ここって出張カットもやってるんだよね？」

「はい、そんなに件数は多くないんですけど、寝たきりの人とか、不登校の子とかのヘアカットでご自宅に伺うことはあります」

「ちょっと遠くてもオッケー？」

「大丈夫ですよ。どなたか外出できない方がいらっしゃるんですか？」

「うちの社長が外出できないっていうか人嫌いでさ、もうすぐ取材だってのになっかなか身だしなみを整えてくれないの。ミネちゃんに来てもらえたら助かるなあ」

チリコさんは最近できたばかりのアパレルブランドの広報を担当しているらしい。頭の形をはっきり見せるベリーショートの髪をオレンジ寄りの金色に染めているため、こまめな手入れが欠かせない。月一のカットとカラーの他、大きなお仕事の前にはメイクも注文してくれる上客だ。

「もちろんいいですよ、帰りに予約とってください」

「よかったー。うちの社長、ほんとに無愛想だし、むすっとしてろくにしゃべらないと思うんだけど、お願いね」

「いろんなお客様がいますから、挨拶のあとは会話一切なしでって方もいます。任せてください」

うなじの毛を慎重に整え、切った髪をブラシで落としてから鏡を開いて確認してもらう。チリコさんは左右に顔を傾け、最後ににっと八重歯を覗かせて笑った。

「うん、やっぱり私、ミネちゃんのカット好きよ。いい意味でとんがった部分がないんだよね。いやみなく、どんな服にも化粧にも合う感じ」

「チリコさん、おしゃれですから。一番スタンダードで扱いやすい形にしてあります。耳横だけ少し長めにとってあるんで、毛先に流れをつけて遊んでください」

「ありがとう。じゃあ、出張の件もよろしく」

一週間後、私はチリコさんに連れられて鎌倉駅前から少し離れた住宅地を訪れた。心なしか古い建物が多いのは、建て替えになんらかの規制がある地域だからかもしれない。真夏の日差しがアスファルトを眩く染め、あたりには息苦しいほどの熱気が立ちこめている。色の抜けた紫陽花《あじさい》が町のあちこちでしおれていた。

ここ、とチリコさんが指さしたのは、築五十年は経っていそうな黒瓦の平屋だった。

縁側に面した庭は雑草が茂り、花木が形を崩して伸び広がっている。

インターホンを鳴らしても返事はない。チリコさんはあっさりと門扉を開き、さらに玄関の戸へ手をかけた。鍵はかかっておらず、引き戸はからりと軽快な音を立てて横へ流れた。

お邪魔します、と奥に向かって声をかけ、履き古したサンダルが一つだけ置かれた三和土《たたき》で靴を脱いでいく。靴箱も上がりがまちもそこから延びる廊下も、すべて年数を感じる板張りだ。ただ、屋内は庭に比べて手入れがされているようで、床にも壁にも清潔感があった。リフォームされたばかりなのかもしれない。

「ツネさーん、いないのー」

どすどすと豪快な足音を立てて廊下を進むチリコさんの後に続く。奥まった位置にある和室の襖《ふすま》を開け、チリコさんはうそおっと悲鳴を上げた。

「三時から取材だって言ったでしょう！　なんでまだ寝てるの！」

もごもごとくぐもった声が聞こえる。和室の畳には様々な書類やデザイン画が散らばっていたため、私は廊下でカットのタイミングを待つことにした。

壁に背を預け、縁側にかけられたレースカーテン越しの庭をぼんやりと眺める。獰猛《どうもう》に丈を伸ばした青草が海面さながらにうねっている。ところどころ、まるで息継ぎでもするように高価そうな薔薇や百合が草の波から顔を上げていた。荒れる前は、きっと手を尽くされた趣がある庭だったのだろう。

蝉が四方で鳴いている。廊下は立っているだけで汗がにじみ出す暑さだ。ただ、家主が寝ていた和室だけは非常識なくらい温度設定を低くした冷房がかかっていたようで、半開きになった襖の隙間から冷風がびゅうびゅうあふれ出してくる。

お湯の匂いがしてまもなく、チリコさんに呼ばれて和室に入った。

「ごめんねー、中で待っててくれて良かったのに、暑かったでしょう」

いいえ、と首を振って仕事道具を入れたデイパックを畳へ降ろす。先ほどよりも片付けられた部屋の中央には新聞紙が敷かれ、上半身裸の男性が一人、うつむきがちに木製の丸いすに腰掛けていた。湯上がりなのだろう、髪も肌もしっとりと湿っている。髪は目や耳を覆う長さにまで伸び、大きな昆布でもかぶっているみたいだ。襟足からぬるりと伸びた首は案外若い。同じ二十代かもしれない。

「ミネオカです、よろしくお願いします」

挨拶に返事はない。特に気にすることなく私は持参の櫛で男性の髪をとかし、事前にチリコさんにリクエストされた通りの髪型に切っていった。襟足と耳の周りをさっぱりさせたツーブロックで、前髪はある程度軽く、全体の印象が明るくなるように。頭の中で像を描き、髪の質や生えている方向との兼ね合いを考えつつ鋏を進める。

そう難しい髪型ではないので、十分ほどでカットは終わった。襟足を電動バリカンで整え、最後に前髪を調整する。男は目を伏せていた。眠っているわけでも、目線を避けている風でもなく、ただなにも考えずに瞑想しているように見える。終わりました、と告げるとすぐに立ち上がり、新聞紙の上でがさがさと頭を掻いて風呂場へ向かった。湯を使う音が聞こえる。切った髪を流しているのだろう。

座卓でパソコンを開いていたチリコさんが立ち上がり、バスタオルを持って風呂場に差し入れる。だいぶ男前になったじゃない、と漏れ聞こえた声に胸を撫で下ろした。とりあえずカットは問題なく終えられたようだ。

頭をバスタオルで拭きながら、不機嫌な面持ちで男が和室に顔を出した。面倒だ、もう寝たい、まだワンピースの図柄が決まってない、と次に控える取材のスケジュールに文句を言っている。目尻が切れ上がった鋭い目と、おうとつの少ない薄い唇。全体的にひんやりとした、近づきがたい顔立ち。目を閉じているときには分からなかった。まさかこんなところで会うわけがない、という思い込みもあっただろう。

「トキワ?」

男は私を見返し、やがて眉間に刻んだしわを伸ばした。

「……あれ、ミネオカだ。なんでここにいんの」

「いま髪切ったの、私だよ。名乗ったでしょう」

「聞いてなかった。へ、なにそれ、すごいな」

猫背の体をひっひと引きつらせて笑う。トキワは相変わらずどこか不穏だった。不安定で、目がぎらぎらと光っていて、危なっかしい魅力を放っている。高校の頃と変わらなかった。

トキワはどこのクラスにも一人はいる、偏屈で変わり者の、いわゆる絵のうまい生徒だった。デフォルメされたイラストよりも写実的な画風を好み、マリアであったり天使であったりといった既存の宗教画をよく真似して描いていた。休み時間もどっぷりスケッチブックに向かっている割に友達は多く、入学早々に若くて美人な現代文の先生を素っ裸にした肉感的で生々しい絵を描き、男子たちのヒーローになった。彼はいつも、集団から一歩引いている部分があった。頼まれるままにエロい絵を描いて周囲が盛り上がっているときでも目は大して笑っておらず、どこか上の空だった。

修学旅行のしおり作りを、一緒に担当したときだったと思う。教師に言われたとおりに地域の歴史や寺院の由来を調べ、綿密な手書き資料を作ってきた私に、トキワは信じられないとばかりに目を剝《む》いた。

「なに、ミネオカそれ楽しいの？　歴史マニアの人？」

「違うよ。先生ちゃんとやってこいって言ったじゃない。トキワこそ、なんで全然やってこないの」

「だって意味分かんないし、やりたくないし」

「やりたくなくても、やんなきゃだめでしょ」

トキワがろくに働かないものだから、交通手段を調べたり、歴史の授業と連動して絶対に訪れなきゃいけない寺院をまとめたりといった面倒な作業は、気がつけば私が全部こなしていた。トキワがやったのは、地域のおおざっぱな地図を描くのと、しおりの表紙に使う国宝指定された仏像の模写だけだ。私は内心得意だった。これだけ内容の充実したしおりをほぼ一人で仕上げるなんて、我ながら大したものだ。トキワが役に立たなかったのは後で先生に叱ってもらおう。むしろ、私の優秀さが際立って良かったかもしれない。

トキワは印刷したばかりのしおりを興味なさそうにぺらぺらとめくり、あっさりと言い放った。

「わかった。ミネオカは人に褒められるのが好きで、頑張るんだ」

一瞬、耳に入った言葉の意味が分からなかった。頑張る、ってことは褒められた？　いやでも、すごく嫌なことを言われた気もする。トキワの顔に意地悪な感情は全然浮かんでいない。ただ普通のことを普通に言った感じだ。違うよ、ととっさに言い返した。

「ちゃんとやったら、クラスみんなの役に立つでしょう？」

「うん、だから、そういうこと。みんなにありがとうって言われたいんだろ」

その通りだ。その通りだから、続ける言葉が見つからなかった。言い負けるのがいやで、会話の矛先《ほこさき》をずらす。

「トキワもそうじゃん。絵を描いて、友達にあげてるんだから」

「俺は描くのが楽しいんであって、描き終わったらもういらないからあげてんの。だから初めにミネオカも歴史マニアで、こういうの好きな人なのかと思ったんだ」

まるで、そうだったら面白かったのにと言わんばかりの口調だった。トキワが、私とは全然違うものを見ていることがわかった。私といる今の時間が、彼にとってすごくどうでもいいものであることも。全身が怒りで火照《ほて》り、続いて、自慢のしおりが急に恥ずかしいものであるように思えてきて、背筋がぶるりと震えた。

それから修学旅行先でも学校に戻ってからも、私はトキワから目が離せなくなった。私の初めての恋にはこんな風に、屈辱と憧れが混ざり込んでいた。一年近くの片思いの末、高二の夏に告白した。トキワは迷いつつ了承して、一ヶ月後、めんどくさそうに私をふった。

tune は、三年前にトキワが設立したレディースファッションを多く扱うアパレルブランドだ。原色をためらいなく使った鮮やかな色合いが特徴で、アフリカの民族衣装を彷彿《ほうふつ》とさせる野趣《やしゅ》がある。コーディネートの主役になる個性的なブラウスが七千円から手に入る、少し頑張れば買えなくもない、という絶妙な価格帯だ。長くネットのみで販売をしていたが、今年から鎌倉に直販第一号店をオープンしたらしい。

「取材やイベントの誘いがばんばん来てるのよ？　それなのにツネさん、下手すると頭に寝癖つけたまま、五年前に買ったデニムと量販店のポロシャツで行こうとするの。信じられない。どれだけメンズに興味ないんだか」

チリコさんは酔うと溜まりに溜まった鬱憤を晴らすようによくしゃべった。業界の関係者ではない、だけどトキワを知っている、という都合のいい愚痴り相手が今までいなかったのだろう。ツネ、というのはトキワがネット上で名乗っていたクリエイターネームらしい。

ふんふんと緩い相づちを打ち、私は飲み慣れない赤ワインを一口あおった。酒といえばチェーンの居酒屋で果汁入りの酎ハイしか飲んでこなかったため、チリコさんが紹介してくれたスペインバルの重たいワインはいつまでも舌に残る感じがした。干し葡萄でも囓っている気分で、ちびりちびりと減らしていく。

「昔から、自分の興味のあること以外は全然反応しない人だったから。むしろ、スウェットで行かないだけ大人になったなあって思いますよ」

「ふーん、やっぱりあの人、高校生の頃から変わってた？」

「変わってました。クラスでちょっと浮いてたし。人気者だったけど、馴染みきらないって言うか……ファッションデザイナーになったたって聞いて、すごく納得してます。ああそっかーそういうものが見えてたんだーって」

「ん？　そういうものって？」

「特別な景色みたいな」

「あー、そういうのか。うん、そうなんだろうねえ。じゃないとこんな不況の中、自力でブランドを立ち上げてしかもそれが軌道に乗るなんてミラクル起こらないよ！　あんなに変な人なのに！　もうデータ入れなきゃ間に合わないっていう真夜中の三時に、やっぱりあのワンピースは気に入らないからラインナップから外してって電話かけてくる人でなしなのに！」

チリコさんはなんだか大変そうだ。同情しつつワインを注いであげる。

「出店ついでに鎌倉に住んだらインスピレーションがばんばん降ってきそうって言うから、アトリエも併設できる古民家を探したのよ。予算内で見つけるのすっごくすっごく大変だったの。それなのに、引っ越したらもうだめ。ぼーっとして、ぜんぜん次のデザイン案を送ってこないの」

「え、そうなんですか」

ちょっと意外だ。トキワは他のことへの能力が著しく低い代わりに、絵であったりデザインであったり、自分が好きだと決めたことは徹底しそうに思える。チリコさんは苦虫を嚙みつぶしたような顔でぐっとワインをあおった。

「まさかの女よ」

「おんな」

「あの古民家の大家の女。しかも人妻、子持ち。馬鹿でしょう。近所に住んでるんだけどね、追っかけ回してストーキングしてるの。たまに買い出しとか手伝ってるから、近所の人が私をツネさんの家族だと思ったみたいでさ。お宅のお兄さんがいつも同じ時間に保育園の周りをうろうろしてるんだけど、って相談されたときには顔から火が出そうになったわ」

生ハムをてろんと口から垂らしたまま、転職しようかと思った、とチリコさんは顔をしかめて低くうめいた。あいにくそんな彼女を慰める余裕もなく、私はトキワが追い回しているという女が気になって仕方が無かった。いったいどんな女だろう。どんな女なら、あんな彼方ばかり見ている冷たい男を振り向かせられたんだろう。

チリコさんはまだぼやいている。でもねえ、一回惚れちゃったら、もうしょうがないんだよね。いい服がたくさん見られるなら、私の人生あいつの尻ぬぐいで終わってもいいやって思うの。なんらかの調律が狂った彼女の声は、発火寸前の油のような熱さを持って胸の内側を伝い落ちていく。

だめだ、と考えるのをやめた。思い出してはだめだ。火をつけてはだめだ。私は目をつむり、苦しいぐらいの愛の炎を吐くチリコさんを見ないようにして、ようやく舌に馴染んだワインの残りを弾みをつけて飲み干した。

夏は猛《たけ》りを増していく。

八月の半ばに、私はまた依頼を受けて、今度は一人でトキワの家を訪れた。午後にファッション誌の撮影付きインタビューが入っているとかで、眉そりと簡単なメイク、あと妙な服を着ていかないようチェックすることをチリコさんから頼まれている。

インターホンを押そうと浮かせた指を寸前で止め、私は門扉を開いて玄関の戸に手をかけた。相変わらず施錠のされていない引き戸をそっとすべらせ、脱いだパンプスを先ほどコンビニでおやつを買った際にもらったビニール袋に入れる。床が軋まないよう体重の移動に気をつけつつ、日の当たる和室ではなく建物の北側、より薄暗い水場の方へと向かった。

台所、トイレ、脱衣所、風呂場。目でなぞって、糸で引かれるように脱衣所へ入る。洗面台の下の戸棚を開くと、中には石けんやシャンプー、リンスのストックが入っていた。ハズレ。畳んだバスタオルが積み上げられたラタンのランドリーボックスの下段は、下着入れ。ハズレ。少し考えて目線の高さを変える。洗面台の上の作り棚が気になった。衣類用洗剤、風呂場用洗剤のストックの隣に、布張りの収納ボックスが置かれている。

風呂椅子を持ってきて踏み台にし、そのボックスを降ろした。ふたを開ける。なかには、透明のゴミ袋にくるまれた雑多な小物が入っていた。

プラスチックのスプーン、ストロー、歯が欠けた櫛、ファンデーションが染みこんだパフ、ワイヤーの歪んだブラジャー、穴の空いた靴下。シャンプーとリンスのボトルは、戸棚にストックされているものと同じシリーズだった。きっとゴミから拾い集めた宝物なのだろう。品物はどれも洗われて、清潔に整えられていた。わかるよ、私だってそうだった、と思う。同じ暗がりにいたからこそ、どのくらいの頻度で愛でたくなるのか、どこにしまいたくなるのかもなんとなくわかってしまう。

ボックスを片付け、風呂椅子を元の位置へ戻した。玄関にパンプスを並べ、堂々と足音を立てて和室に向かう。トキワは布団に突っ伏して眠っていた。そばの座卓ではパソコンが光を点《とも》し、落書きみたいなデザイン画や図柄がそこら中に散乱している。

「起きてー」

呼びかけても、ぴくりともしない。枕に頰を埋めたまま、深い呼吸を繰り返している。なんでも盗めちゃいそう、と思う。あの頃は欲しくてたまらなかった、この人が身にまとうもの。汗のしみたTシャツ、髪の毛一本、唇の粘膜の感触。手を伸ばし、半開きになった口に親指を突き込む角度でかざす。くるりと手首を返し、頰をそろえた指で叩いた。

「ほら」

「ん。……あれ、ミネオカ？　チリコは？」

「チリコさんは打ち合わせがあるから先に現場行ってるよ。メール来てたでしょう」

「そうだっけ」

「早く支度して。眉毛剃って、薄くメイクもする」

前と同様にシャワーから上がったトキワを椅子に座らせ、輪郭がぼやけていた眉の形を整える。スキンケアをし、顎の肌荒れに軽く粉をはたいて目立たなくした。鏡を見せてもまだ寝ぼけているらしいトキワは、ああとかおおとか適当な返事をよこすだけだ。最後にワックスで髪を整える。髪の根元をこするたび、ほろ苦い男の体臭がふわふわと鼻先を漂った。

「この髪型、どう？　扱いやすくて楽でしょう」

チリコさんに褒められたのが嬉しくて、つい口からこぼれ出る。

「んー、普通じゃね。可もなく不可もない感じ」

あくびを噛み潰しながらもトキワはぶれない。悪意すらない、なにも考えていない声だ。いつも、いつだって、意識をする以前の段階で、彼は私を必要としていない。

セットを終えて、クローゼットで服を選んでいる最中だった。ごめんくださーい、と涼しい声が響き、チノパンを穿いたところだったトキワは上半身裸のまま、ものすごい勢いで玄関へ走り出した。ど、どうも。ごめんね、立て込み中だった？　いや、ぜんぜん、ぜんぜん。あのね、来月から資源ゴミの回収日が変更されるの。詳しくはこのプリントを見て欲しいんだけど。どうも……あの。はいはい、なーに？　沈黙が下りる。私は廊下を進み、玄関を覗いた。

そこには、ものすごく普通の奥さんが立っていた。年は三十代半ばほどだろうか。ゆるく癖のついたショートボブの髪、安物だと一目で分かる、のっぺりとした白いTシャツと麻のパンツ。眉毛だけ描かれた化粧気のない丸顔。強いていうなら、黒目がちの目がトイプードルやポメラニアンを連想させてかわいいかもしれない。でも、美人というほどではない。そして彼女の足下にはおそらく二歳には届いていないだろう、ライトグレーの品のいいワンピースにピンクのサンダルをあわせた小さな女の子がちょこんと立っていた。奥さんはこちらに気づき、こんにちは、と明るく笑いかける。

「お仕事の人？」

はい、とはっきり答えたのは私ではなくトキワだ。こちらを振り返りもせず、奥さんの一挙一動に反応している。

「やだ、邪魔してごめんね。それじゃあ、なにか分からないことがあったら聞いて」

「ありがとうございます」

奥さんが娘の手を引いて引き戸を閉めてもなお、トキワはしばらく上がりがまちに立っていた。

「あのさあ」

間抜けな背中に呼びかける。

「今の人のこと好きなの？」

十秒おいて、トキワは顔だけゆっくりとこちらに向けた。

「え、なんでよ」

「すごい勢いだったし」

「気のせいだろ」

「ちょっと、現代文のミタキ先生に似てたし」

目がくりっとしたかわいい系で、賢い割にちょっとドジで、笑った顔がふんわりと光を放つようだったミタキ先生。おっぱい丸出しの絵を描くということは好みだったのだろう。思えば、笑顔の屈託のなさが似ている気がする。トキワは口をつぐんだ。やっぱりか、と自分で言っておいてつまらなくなる。

「あんた前からああいうタイプが好きだよね。私と付き合ったのだって、ミタキ先生の結婚がショックでヤケになってたからでしょ」

否定して欲しくて、つい余計なことを口走った。今度はトキワの顔が目に見えて歪んだ。めんどくせえ、と深くしわの刻まれた眉間にありありと書いてある。そういえば付き合っていた頃はこんな顔ばかり見た気がする。違うのだ、そんなことない、そのときはお前が好きだったんだよって言って欲しかっただけなのだ。また間違えてしまった。十数年かけて、同じ間違いを繰り返している。トキワは無言で廊下を戻り、私の横をすり抜けて和室へ入った。

間違いでない答えとはなんなのだろう。トキワが足を止めて、私に笑顔を向けるような、正しい答えは。

「今の人さー」

廊下の壁に体を預け、無人の玄関を眺めて呟く。

「お化粧してなかったし、スキンケアも微妙だったし、髪もぼんやり伸びてたし、たぶんすっごく生活に時間が無いんだよ。子育てが忙しいのかな。私の友達も、子供がちっちゃい人はみんなあんな感じだし」

「だから？」

「でも、子供にはかわいい服着せてたから、おしゃれ自体は好きなんだと思う」

「なんだよ、なにが言いたいの」

「なんか洋服、作ってあげたら？　一枚で、さっと着たらびしっと決まるようなの。お世話になってるから、とか、ママ向け作品のサンプルで作ってみたんだけど、とか理由はいくらでもつけられるでしょ」

振り返ると、和室の戸口に立ったトキワは驚いた様子で目を見開いていた。その顔を見ながら、あまりの脱力感に眩暈《めまい》を感じる。どうしてこんなことを言わなければならないんだ。でも、これが最適解だ。ただのつまらない優等生として周囲の期待に応え続け、褒められることを求め続けてきた私の、他人の不満足を見破る能力は伊達ではない。

「きっと、喜ばれるよ」

少なくともストーキングよりは、と喉を上りかける余計な一言は飲み下す。トキワの顔に、今まで私が見たことのない色合いが浮かんだ。口がへの字に歪み、目が細められ、頬がぴくっと跳ねる。少し照れているようだ。ああいやだなあ、泣きたくなる。この人の表情を変えることができた、たったそれだけで、こんなに嬉しくなるなんて。私は奥歯を噛みしめた仏頂面のままトキワの横を抜けて和室へ入り、早く着替えちゃいな、チリコさん待ってるよ、と素っ気ない声でうながした。

初めは、なにかの間違いだと思ったのだ。

付き合い始めたのだから、この人は私のことが好きなはずだ。付き合い始めたのだから、メールはすぐに返されるはずだ。付き合い始めたのだから、休日はデートをするはずだ。付き合い始めたのだから、人前でも手をつないでいいはずだ。それが叶えられないときには、なにか誤解があるのだ。私の望みはほんのちっぽけで無垢なものなのに、ちゃんと伝わっていないから叶えてもらえないのだ。
長い長いメールを書いた。長い長い手紙も書いた。他の子の彼氏はみんなやってる、と電話でなじったこともある。トキワの反応がないから余計に歯止めがきかなくなった。ぐわんと目に見えるものが歪み、自分が世界で一番ひどい扱いを受けている彼女である気がした。

めんどくさい、もうやめる、ときっぱり言われた日は泣いて泣いて、気がついたらトキワの机の足下に落ちていた消しゴムを拾っていた。いつかトキワが、あんなひどいことを言ってごめん、と謝ってくるかもしれない。その日まで持っていようと甘く切ない気分で鞄にしまった。

シャーペンも、捨てられた手書きのメモも、机によく入れていたレモン飴も、気がつけば私の鞄に入っていた。くしゃくしゃのハンカチも、椅子の裏に貼って集めていたパック飲料のシールも、学ランのポケットに入っていた絆創膏も。ばれないように些細なものだけ、鳥が巣材を運ぶように盗み続けた。盗んでいる間はトキワとの運命が保たれていると思えた。なにかの間違いですれ違って、そのうちちゃんと、本来の流れに戻る。登校時間も下校時間も重なるように調整した。学校にいる間はずっと彼の丸っこい後頭部を見ていた。

全部が終わるきっかけは、トキワの唐突な海外留学だった。ヨーロッパでガラス工房を営む親戚のもとにデザインの勉強をしにいくのだと聞いた。彼は学期の終わりにあっさりといなくなり、私の手元には何の価値もない、小さくてくだらないゴミだけが残された。

泣きながらひとまとめにしてゴミ箱に押し込むと、自分が出口のない袋小路からやっと抜け出した解放感に呼吸がすうっと深くなった。狂ってたなあ、と憑き物が落ちたように思う。ただ、自分がどこから間違えていたのか、どうすれば正解だったのかは、結局最後までわからなかった。

今でも、わからない。わからないまま、過去最大級に錯乱した行動をとっている。大好きな相手が、他の人間に好かれるための手助けをしている。私は渡されたノンアルコールビールのプルタブを起こし、デザイン画を描くトキワの横に座った。トキワの方から私を呼び出すなんて、初めてのことだ。

「なあ、子育て中のお母さんって、スカートとズボンのどっちのが使いやすいと思う?」

やっぱり来るんじゃなかった、とうんざりしつつ、よく冷えた一口を喉へ流し込む。針の雨に等しい苛烈《かれつ》な日差しを浴びてここまで歩いてきたので、ビールはものすごくおいしかった。

「知らないけど、スカートの方が華やかでいいんじゃない。おしゃれしたくてもできないってストレス感じてる時なら、めちゃくちゃ素敵なズボンより、めちゃくちゃ素敵なスカートの方が気分が上がる気がする」

「そんなものかあ」

「あと、洗いやすくてすぐ乾く素材がいいよ。子供の食べこぼしやよだれで汚れるから安い服しか着られないって話、お客さんからよく聞くよ。ビーズやボタンも、誤飲防止でつけない方がいいと思う」

わかった、と頷いてトキワはスケッチブックに鉛筆を走らせる。時々、イラストだったり図柄だったり布地だったり、大量の資料が綴じられた分厚いファイルをばらばらとめくった。エンジンがかかったようだし、これでチリコさんも喜ぶことだろう。

鉛筆の尻を噛み、しばらく考え込んでいたトキワは、唐突に口を開いた。

「洗いやすくて、乾きやすくて、シンプルなTシャツなんかにも合わせやすくて、疲れが吹っ飛ぶくらい明るくて、季節を一つ持ち歩いてるみたいな、スカート」

「……いいんじゃない」

すごい愛だ。川向かいで燃えるひまわり畑、触れてはいけない美術館の名画。私はただの観客としてそれを眺めている。

空気に生臭さが混じってまもなく、叩きつけるような夕立が訪れた。

一度集中を始めたトキワはまったくしゃべらず、スケッチブックに突っ伏す勢いでデザインを描き続けている。帰るに帰れなくなり、私は白い水煙の立つ庭を前に壁へもたれかかった。まるで、この家の置物の一つにでもなったみたいだ。なんの用事もないし、役割もない。うつらうつらしていると、湿った裸足の足音が近づいてきた。

「ミネオカ、焼きそば食う？」

「……食べる」

豚肉ともやしだけのぱさぱさした焼きそばを口へ運ぶ。食事の間もトキワは上の空で、三分も経たずに皿を空にして座卓の前へ戻った。雨音ばかりの部屋は静かで、トキワの気配に満ちていて、私はふと、居ることが許されている、と気づいた。

「雨がやむまで寝っててもいい？」

おそるおそる声を投げる。あの日のメールのように、無視をされたらどうしよう。トキワはおお、と間延びした声を返した。

「タオルケット、洗濯したのが押し入れに入ってるから勝手に使って」

「ありがとう」

乾いたタオルケットを薄い繭のように体に巻き付ける。庭ではなく、仕事を続けるトキワの頭に目をやった。ぼうぼうと燃える愛の彼岸で放たれる熱を浴びながら、こんな場所があったんだ、と思う。炎に巻かれる愛の対象と、認識すらされないその他大勢と、その間の、名前のつかない場所。愛と憎悪の間をものすごいスピードで行き来する、子供の頃にはなかった場所だ。

　雨は地面に溜まった熱気をさっぱりとはぎ取り、二時間ほどで通り過ぎた。日が暮れる頃、私はトキワの家を出て涼風の吹き抜ける街をぶらぶらと、小さな声で歌いながら帰った。


　それから二度ほど依頼を受けてトキワの家に行き、髪を切ったりメイクをしたりと顔を合わせた。トキワはなぜかチリコさんに内緒でスカートを作っているらしく、彼女がいない時を見計らって生地の試作品を見せてくれた。深いボルドーで染色された生地に、金と橙の絵の具を子供が指で塗り広げたような、大胆で生き生きとした花模様が描かれている。たとえ暗いところに置かれてもさやさやと光っているんじゃないかと思わせる、秋の結晶みたいな生地だった。

「チリコさんにも見せたらいいのに。きっとものすごく喜ぶよ」

「いやー、仕事もしないでなにやってんだって怒られるよ。見せるのは、出来上がってからだな」

　どれだけ私が手放しで褒めてもトキワは唇をちょっと曲げて、まだいまいち、あともうちょっと、と呟いて作業へ戻っていく。

　スカートができたと連絡が入ったのは、今年二つ目の台風が過ぎた翌日の、空がすみずみまで晴れ渡った月曜日だった。ちょうどシフトが休みだったので、見に行く、とメールを返して家を出た。

体を押しつぶさんばかりだった真夏の熱気はいつしか薄れ、首元を軽い風が通り抜けていく。一つの季節が終わりつつある。私も、終わりを見届けなければならない。

インターホンを押すと、トキワは珍しく小綺麗なポロシャツ姿で玄関にやってきた。今から来る、と青ざめた顔で言う。

「はあ?」

「だから、マチヤさんが。声かけた。今から来る」

「私、帰ろうか」

「居てくれよ。出来ればすぐに着てもらって、どんな感じか見たいんだ。男一人の家で着替えてくれとか、変態みたいだろ。ミネオカが居てくれれば仕事っぽく見せられる」

だってあんた変態じゃん、と言ってやりたい。どれだけ私を都合よく使うつもりだ。呆れる間もなく、玄関に薄い影が差した。こんにちはあ、とのんきな挨拶とともに引き戸が開かれる。

「大家でーす。トキワくんどうしたの。電球でも切れちゃった?」

ひょいっと顔を覗かせるのは相変わらずすっぴん同然のありふれたアラサーで、足下には小さなお姫様がついてきている。トキワの顔が目に見えて強ばり、目線が迷い始めた。普段はあれほどデリカシーのない発言を次々と繰り出すくせに、好きな相手には口が重くなるらしい。

「あの、お願いがあって」

「うんうん」

「あ、えっと……スカートを穿いて欲しいんです」

「ええ?」

その切り出し方は変態だ、と慌てて私はフォローに回った。

「あの、この人のブランドの新作のスカートで! 子育て中のママをターゲットにした商品なんです。それで、出来れば試着してもらって意見を伺いたいなーと」

マチヤさんは表情をみるみる明るくして、えー! と素っ頓狂な声を上げた。

「いいの? え、でも、トキワくんのブランドってあの tune でしょう? 特別なデートとかパーティとか、そういう場所に着ていく服じゃない! こんなすっぴんで、髪もぼさぼさの私が試着なんて、申し訳ないよ」

「いえ、えーと、マチヤさんみたいな、忙しいママさんがささっと着られて楽しいっていうのがコンセプトなんです。だから……お願いします」

無口なでくのぼうになっているトキワを横目に、好きな男の服を他の女に着せるためにどうして私がこんなに頑張っているんだ、と情けなくなる。マチヤさんは喉の奥でしばらくうなり、ちょっとだけなら、あんまり役に立つことは言えないかもしれないけど、と恐縮しながら頷いた。娘さんの手を引いて家へ上がる。あ、じゃあこっちへ、とようやく動き出したトキワが和室へ案内した。

いつも足の踏み場がないほど散らかっている仕事部屋は、万年床まで押し入れにしまわれてぴかぴかに整えられていた。tune のロゴが入った布袋をマチヤさんへ渡し、私とトキワは廊下で着替えが終わるのを待つことにした。

背後の襖越しに、親子のささやき声が聞こえる。まーま、まま、まーま。ふふふ、ね、すごいね、袋すべすべね。へへっ！ とん、とん、と伝わる軽い振動は、興奮した娘さんがジャンプしているのだろう。わあ、というマチヤさんのため息。続いて、笑い声の混ざる娘さんの歓声。隣に立つトキワの耳が、みるみる赤く染まっていく。

どうぞ、という声に誘われて襖を開いた。試作品よりも色合いが落ち着いたボルドーのロングスカートは裾まわりに金と橙の花をいっぱいに咲かせて、まるで日暮れの花畑のようだった。鮮やかなのに浮きすぎず、マチヤさんが着ている白いブラウスにもちゃんと合っている。布地をたっぷり使っていてボリューム感があり、マチヤさんが動くと、まるで涼風に撫でられたみたいに花たちが揺れる。

奇跡の一品っていうのはこんな風に生まれるんだ、と思った。風の匂いがする、土の匂いがする、草花の匂いがする。マチヤさんの小さな娘がにこにこしながらスカートの生地にくるまり、かくれんぼするように遊んでいる。部屋の端に置かれた姿見の前でくるりと回り、マチヤさんは頰を薔薇色に輝かせた。

「トキワくんすごいよ！　すごく、すっごく素敵。ああもう、これを着てどんどん歩きたくなっちゃう。どこまでだって行ける気がする。着心地も肌触りもいいし、きれいだし、発売されたら絶対買うからね。へそくり崩してでも買っちゃう！」

「マチヤさん、それ、もらってください」

トキワがまっすぐに告げる言葉に、マチヤさんはぴたりと動きを止めた。ものすごい勢いで手を左右に振る。

「な、なに言ってるの。いやいや、とんでもないよ！」

「もともと、もらってもらおうと思ってたんです。は、春の」

ん、とトキワは喉を押さえた。眉をひそめ、咳払いをしてぎこちなく続ける。

「春の、夕方に、そこの公園のベンチでマチヤさんが、眠ってるナナコちゃんを抱っこしながら小声で歌ってるのを見て、こういうのいいなあってずっと覚えてました。なんかゆるくて、安心できて、ちょっと光ってて、時間が流れてないみたいな、そんなイメージを追っかけるうちに出来た服なんです。だから、お礼に受け取ってください」

「そ、そんなことあったっけ……ああ、ナナが疲れるとスイッチ切れたみたいに寝ちゃってた時期かな。たぶん運ぶには重いし、することなくてぼーっとしてただけだよ。そんないいものじゃないって。うわー、恥ずかしい……」

マチヤさんは顔を押さえてうつむく。まだ言葉がたどたどしいナナコちゃんは、スカートの裾を小さな腕に抱いてぺんぺんと嬉しそうに花を叩いている。

十分ほど、もらえない、もらってください、せめてお金払うよ、いらないです、のやりとりを続け、最後にはマチヤさんが折れた。お金は払わない代わりに今度お礼の品を持ってくるからね、と約束をして、脱ぐのが惜しいから、とそのままの格好で帰って行く。

ナナコちゃんが手を振り、マチヤさんが何度も頭を下げ、玄関の引き戸が閉まる。磨りガラスに映る人影が遠ざかってもなお、トキワはその場に立ち尽くしていた。動かないし、なにも言わない。顔を覗いて驚いた。目尻がかすかに濡れている。

「だいじょうぶ？」

頷き、ず、と音を立ててトキワは鼻をすすった。

「……仕事やってきてよかった」

「ええ？」

「遠くのきれいな花畑みたいな、触れないものしか好きになんないから、俺は一生こうなんだって思ってた。でも、好きなものに、触らないまま関わる方法は、きっとたくさんあるんだな」

とん、と鼓動が跳ね上がり、私は涙をなだめようとトキワの背へ伸ばしかけていた手を宙で握った。その場でゆっくりと下ろす。トキワは手のひらで目尻をぬぐい、腹減ったな、焼きそばでビール飲もう、と言って台所の方向へ歩き去った。

ホームページで限定販売された愛のスカートは、他の商品の倍近い価格設定だったにもかかわらずほんの数時間で完売し、追加販売を求めるメールやファックスが山のように押し寄せるモンスター商品となった。チリコさんの奮闘で他の秋物から一ヶ月遅れでやっと工場と折り合いがつき、増産態勢に入ったものの、月9ドラマの主役の衣装に採用されたことで再び注目を集めて欠品した。しまいにはその品薄ぶりが話題となってtuneの名が様々なメディアで取り上げられるきっかけになった。トキワはあのスカートを作ったことでクリエイターとしての重い扉を一枚こじ開けたらしく、今までとはひと味違った美しい商品を作り続けている。

私は相変わらず、月二度ほどのペースであの家へ赴き、依頼に応じて鋏を振るっている。九月の終わりにはマチヤさんから大粒の巨峰が届いたとかで、声をかけられた私もお相伴《しょうばん》にあずかった。黒い宝石みたいな葡萄は一口で脳がしびれるくらいに甘く、あまりのおいしさにろくに話もしないまま、二人で黙々と味わった。あらかたの実を食べ終えた頃、あ、と妙な声を上げてトキワが席を立った。

ったた。

「ほら、あれの生地、ずいぶん気に入ってたみたいだから。端切れで作ってみた」

渡されたのはボルドーに輝く花を散らした、見覚えのある生地で作られたシュシュだった。

「ん？」

「これあげる」

ありがとう、と返す声が震える。見ていたくて、触っていたくて、髪を結ぶのではなく手首につけた。おう、となんでも無いことのように頷いて、トキワは葡萄の皿を片付けに席を立つ。きっと彼にとっては、本当になんでも無いことなのだ。

シュシュを顔の前にかざし、色を網膜に焼き付けて目を閉じる。私はトキワを愛している。トキワは彼方の花畑を愛している。tune はますます大きくなり、営みは続いていくだろう。受け手のないまま、とめどなくあふれ広がる私たちの愛は、これからも世界を鮮やかな色で染めていく。

けだものたち

朝方、勤務を終えた私たちは銭湯の二階に設けられた座敷席でビールを飲む。

座敷は川に面しており、空が明るくなるにつれて乳白色の靄《もや》が広い川面を覆っていく様を眺めることができる。女たちの憩いの場だ。日中の午後には男たちの宴会場になっていると聞く。私はたくさんの男、というものを見たことがない。だからその光景を想像すると、いつも背中の辺りが熱をもち、むず痒いような気分になる。

細い風がすうっと火照《ほて》った首筋を通り抜ける。まだ明け切らない西の空には、端を欠いた薄い月。

丸々と張った豊かな胸を浴衣のあわせから覗かせて、スグリは塩ゆでの枝豆をぽつぽつとつまんだ。

「だから言ってやったの。お前みたいな嘘つき、こっちから願い下げだって」

「ふーん」

スグリはいつも恋にまみれている。朱を引いたような目尻の色気に、男たちは誘われるのだろう。そのくせ一人となかなか関係を続けられず、大抵は三ヶ月もしないうちに大喧嘩をして別れてしまう。もう子供を数人持っていてもおかしくない年だが、今も独り身だ。早くに堅実で穏やかな夫と巡り会い、二人の娘に恵まれた私にとって、スグリの波乱に満ちた恋の話は遠い世界の物語であると同時に、最高の酒の肴でもある。

川面の靄が濃くなっていく。対岸の通りを行き交う人の影がおぼろだ。

酒が進むにつれて、スグリの肌がぬらぬらと光り出した。コップをあおるたび、柔らかい腕を、張った胸元を、長い首を、淡い桃色の帯が妖しく這い回る。いつのまにか、座敷に転がる瓶はビールよりも日本酒の方が多くなっていた。

あいしていたの、とスグリは内緒で他の女と関係をもっていたという恋人をなじった。うん、うん、と私は相づちを打つ。ころしたい。うん。だいすきで。うん。うらめしい。うん、うん。言葉を落とせば落とすほど、スグリの黒い瞳が透きとおり、琥珀色に転じていく。

ふいにうつぶせに寝そべったかと思いきや、彼女の火照った肌に透明な鱗《うろこ》が浮き上がった。小指の爪よりなお小さな、薄い水晶を並べたような繊細な鱗だ。続いて首や腰回りの細さがなくなり、胴体の膨らみに耐えかねた浴衣の帯がほどけた。私はコップに酒を注ぎ足し、揚げ物を頬ばりながら彼女の変化を眺めた。

次に顔を上げたとき、スグリは胴回りが一抱えほどもある巨大な白蛇になっていた。

蛇が身をくねらせるたび、桃色の光が鱗の表面を水のように流れる。周りで同じように酒をあおる女たちは、ちらりとこちらへ目を向けるだけで興味もなさそうにそれぞれの会話へ戻っていく。空になったコップや皿をがらがらと押し退け、白蛇は座敷から出ていった。

まもなく、どぶん、と重いものが川へ沈む音が響いた。きっと、恋人を食べに行ったのだ。

私は残っていた揚げ物と枝豆を片づけ、会計を済ませて店を出た。鮮やかな朝焼けに目を射られ、こめかみが痛む。光が強くなると、うまく周りが見えない。ひどく眠い。川からあふれ出した濃密な靄がたっぷりと通りを覆っていた。すれ違う人の姿はみな、墨色の影をまとっている。時々白くなまめかしい手が近くを通り、男だと気づいてはっとする。朝と夕方は、男と女の時間が混ざる。変異してしまったスグリに似た、大きな獣の気配がすることもある。獣はもとは女なので、あまりこわくない。

家に帰ると、眠たげな夫が鏡に向かって身支度を整えているところだった。私を振り返り、半分しか開いていない目を緩慢《かんまん》にしばたたかせる。

「おかえり」

「ただいま。子どもたちは？」

「もう寝てるよ。君も休むといい」

夫が伸び上がり、薄荷《はっか》の匂いを漂わせた唇を近づけてくる。夫は私よりも一回りほど小さい。大抵の男は女より小柄だ。肉づきが薄く、力も弱い。けれどこの儚《はかな》さが、舐めてしゃぶってしまいたいほど、いとおしくてたまらなくなる瞬間がある。そそられる。背を屈めて口づけを受けとった。日が昇れば、男たちの時間が始まる。

寝床では、二人の娘が白い手足を木の根のように絡めて眠っていた。私も二人のそばへ寝そべり、上の娘のふくらはぎと、下の娘の鎖骨のあいだに腕を差し込んで眠った。

蛇になる女はそれほど珍しくない。他に、蛇より数は少ないものの、大犬、虎、百足《むかで》や蜘蛛など、女たちは様々な姿に変化する。異形になった女たちは、夜が明ける前のまだ動きの鈍い男たちのところへ向かい、愛する者を捕らえて頭からばりばりと食べてしまう。そういうことをするのはだいたいスグリのように感情の起伏が激しく攻撃的な、思いつめるタイプの女が多い。私は、そんな獰猛《どうもう》な欲求を持ったことがない。

なんで好きな人を食べるの？　と作業の途中で聞いてみたことがある。私たちは、他の工場から送られてきた肉の下処理を仕事にしている。近所には肉を育てる工場がある。肉は、芽と呼ばれる白い細胞から作られる。始めはすべて同じものだが、様々な刺激を与えることによって肉の味や形、歯ごたえまでもが変わってくるらしい。肉を育てるのは男の仕事で、詳しい手順はよく知らない。

「食べたらもう会えないじゃない」

問いかけに、台の向かいでゴム手袋をはめた指を肉に埋め、細かな骨を掻きだしていたスグリはううん、と鈍い声を上げた。

「わかってるけど、止められないのよ」

「ふうん」

「だって、我慢できる？　私と別れたあと、あの人は他の女を愛して、同じように触れて、同じようにキスをして、同じように優しくするのよ」

食べちゃった方がマシ、と言って骨を除いた肉を私の方へ押しやる。私は受け取った肉の硬い筋を断ち、余計な脂身を削ぎ、繊維を刃物の背で叩いて柔らかくした。今日の肉はずいぶん筋が多く、脂身が少ない。煮込み用だろう。ぶつ切りにしてトレイに盛りつけ、次の一片を引き寄せる。

「そんな風に、考えたことない」

「あんたのところはもう一緒になって長いからね」

「うん、長い」

「旦那さんのことを信じてる」

「信じてるっていうか」

ぼんやりと夫の顔を思い出す。

日が暮れて、私が起きる頃になると彼は仕事を終えて帰ってくる。活動できる時間帯が違うため、私たちが寄り添える時間は少ない。子どもが生まれてからはなおさらだ。夫は私の腰へしがみつき、私は覆い被さるようにして彼の首に両腕を絡める。夫の肌はしっとりと濡れた絹のような、危うい柔らかさで私を誘う。

抱擁を終え、娘たちのひたいに一つずつキスを落とし、彼は私たちの体温が残る寝床へ入っていく。毎日毎日、同じことを繰り返す。同じ抱擁、同じキス、同じ寝床の匂い。変化といえば、子どもが少しずつ大きくなることぐらいだ。

「もう、私もあの人も、家庭っていう大きなものの一部みたいな。だから、わざわざ夫の心だけを取りだしてどうとか、そんな風には考えないかな」

今度はスグリがふうん、と鼻を鳴らす番だった。

作業に没頭する彼女の、伏し目がちな目元をちらりと覗き見る。そんな風にいちいち深刻に思いつめて責め立てるから、恋人にきらわれることになるんじゃないかな。口には出さずに、でろんと広がる赤黒い肉に幅広の包丁を振り下ろす。

太陽が落ちていくのが、わかる気がする。深い場所へと引きずり込む力がゆるみ、水底からすうっと体が押し出されるのに似た浮遊感。私たちの時間が始まる。

厚い布を重ねた寝床から身を起こすと、上の娘がママ、と甘い声で私を呼んだ。声のした方へ腕を伸ばして引き寄せる。少し湿った温かい体が胸元へ転がり込んでくる。暗がりでも娘たちの肌は白く明るい。内側からうっすらと発光しているように見える。上の娘は私によく似ている。おっとりとしたしゃべり口も、歩く速度が遅いところも。

続いて、下の娘を掘り起こす。布の間に腕を差し込んで探すうちに、ぐにゃりとした肉がてのひらに当たった。腰のくびれをつかんで引きずり出す。下の娘は、目元にほのかな影がある。つんととがった唇は赤く、顔の作りがやけに精巧《せいこう》で、私にも夫にも似ていない。性格は、うちの一族には珍しく、エネルギーにあふれて奔放《ほんぽう》だ。たまに、この子はどこから来たのだろうと考える。私の体から出てきたことはわかっている。でも、その前は。私や上の娘とは、ずいぶん違う場所から来たのではないか。

白いまぶたがかすかに震え、まだ夢を見ているような瞳がこちらを見上げた。ママ、と紡ぐ唇に微笑み、汗ばんだ額へキスをする。似ていようと、似ていまいと、娘たちはとてもかわいい。

仕事が早く終わった日は、学校帰りの娘たちを連れて銭湯へ出かける。湯気の中でたくさんの女たちが肌をこすり、髪を洗い、湯に体を浸している。大人の体は芯が太く、粘るようなしたたかさがある。娘たちのような若い体は、みずみずしい代わりに少したわめただけで折れてしまいそう。

「今日も女の人ばかり」

肩まで湯に沈んだ上の娘が、当たり前のことを噛みしめるように言う。

「昼は、男の人たちがここを使うの？」

そうよ、と答えると下の娘は不思議そうに首を傾げた。

「パパも？」

「もちろん」

「パパがここで裸になって体を洗ってるのって、変な感じ」

確かに変な感じだ。一体どんな顔で、どんな会話を周囲と交わしながら湯に浸かっているのだろう。考えたこともなかった。

「昼の時間に興味があるの？」

聞いてみる。下の娘は大きな目をぱちぱちとまたたかせ、よくわかんない、と首を傾げた。考え考え、小さな唇を開く。

「私たち、世界の半分しか見えないんだね」

まだ幼い娘がこんなに大人っぽいことを言うのかと、驚いて顔を覗き込んだ。

「でも、パパはおうちではとても優しいでしょう」

「うん」

「それじゃだめ？」

「だめじゃないけど」

下の娘は唇をとがらせる。うまく言えないとばかりに首を振り、上の娘と一緒に湯面に浮いた柚子《ゆず》で遊び始めた。

下の娘の言うことは、わからないでもない。

私も、昼の夫が男たちに埋もれながらどんな時間を過ごしているのか、気になっていた時期があった。もはや記憶もおぼろな、私と夫がつがいになったばかりの頃の話だ。いい人がいるから、と起きたばかりでうまくものの考えられない夕方に、母の手で白粉《おしろい》をはたかれ、唇を塗られ、美しい庭園の見渡せる料亭へ連れて行かれた。そこに緊張で青ざめた、のちに夫になる男と、男の家族がいた。

ちょうど繁殖期で、ああうちもそうです、因子《いんし》もほどよく遠くて、きっと強い子が生まれますね、楽しみです、みんな幸せに、ええ、ええ。私たちに関する話がされているのに、私たちの話だとは思えなかった。あとはあなたたちで話してらっしゃい、と石のように黙り込んだ男と二人、広い庭園に押し出され、あてもなくうろうろと歩き回った。庭園には小川が流れ、折り紙で作ったような水仙がさわやかな香りをふりまいていた。因子が遠いんだってね、と笑い混じりに言うと、変な感じだね、とぎこちなく男も頷いた。私は道ですれ違う他に父親以外の男の人と会ったことがなかったため、なにを話せばいいのかわからなかった。お互いに目についた花や小鳥を指さすぐらいで、無言で歩き続けるうちに、川から靄が湧き出した。

眠たいでしょう、と振り返ると、男は首を振った。もう少し、まだ、あまりお話もしていないので。話すもなにも、ずっとお互いに黙っていたではないか、と真面目な物言いがおかしくなる。そうするうちに空が本格的に暗くなってきた。女は夜目が利くが、男は太陽がないと歩けない。なにかの折に父親が母親に手を引いてもらっていたのを思い出し、男へ片手を差し出した。

「どうぞ」

「あ」

男は少し戸惑いながらも、そっと手のひらを重ねてきた。冷たくてすみません、と謝る男の手は確かに温度が低く、指先が乾いてささくれだらけだった。けれど、こちらの手を慎重につかむ力加減は感じがよかった。傷がつかないよう守ってあげたくなるような、いとしさを感じた。

因子が遠くて相性がいいとはこういうことか、と暗闇にまぎれて少し笑う。男の手を引いて歩くうちに、味わったことのない不思議な充足感がひたひたと胸に込み上げた。昼の世界に生きる、知らないものと手をつないでいる。手をつなぐことができるものだったんだ、と噛みしめるたび、熱い喜びが度数の高い酒のように体中を巡っていく。男が転ばないよう、足場を選びながらもと来た料亭へ向かった。

だんだん、あとに続く男の歩みが遅くなる。眠さに耐えられなくなったのだろう。仕方なく適当なベンチへ並んで腰かけた。

すみません、と小さな声で男がわびた。いいえ、きっとすぐに母たちが迎えに来ます、と返すと、男は緩慢に頷いた。

「あなたと歩くのは素敵ですね。暗い道が、明るくなるようだ」

そう言って、軽い頭がことりと肩へ落ちてきた。私は痩せた体を受け止めたまま、月が少しずつ傾くのを眺めていた。明るさを、女は好まない。暗ければ暗いほど息がしやすい。けれど男にとって、明るさとは嬉しいものなのだろう。男の感じる嬉しさを知ってみたい、昼の世界とはどんなものだろう、と月の裏側の景色を想像するように思った。

しばらくして、こんなところにいたの、と親族たちが駆け寄ってきた。私は男の体を支えるのを手伝ってくれた母親に、「この人に決める」と囁いた。

あの時、初めて昼の世界に興味を持った。男の人同士は仲がいいの、どんな話をするの、男の人はなにを食べるの、と聞いた覚えもある。だけど娘たちが生まれ、同じことを繰り返す安らかな生活が続くうちに、いつしか私は昼の世界への興味を失った。それよりも寝床を整え、帰ってきた夫をいつくしみ、娘たちを育てることのほうが大切だった。

女は硬い殻を何度も脱ぎ捨てることで大きくなる。特に成長期は、週に一度は殻を剝《は》ぐ手伝いをしてやらないと順調に手足が伸びない。そんな娘たちの姿を、夫は不思議そうに見ていた。男とは育ち方が違うらしい。それでも、ぎこちなく優しい手つきで娘たちの殻剝ぎを手伝ってくれる男を、私はいっそう深く愛した。

家という場所には昼でも夜でもない、もやもやと温かで居心地のいい狭間の世界が広がっている。女としてうごめく夜の世界と、薄暗がりをたゆたう狭間の世界とで、私の欲求は十二分に満たされていた。

ただひたすらに眠ってばかりの夏が過ぎ、秋がやってきた。

日射しが強いうちは重くて仕方がなかった頭がすっきりと澄み渡り、涼風に押されるように食欲が増す。仕事の帰りには、よくスグリや娘たちと落ち合って旺盛に肉を貪った。反対に夫はみるみる精気をなくし、寝床にうずくまっている時間が増えた。毎年のことだ。

ある日、先に帰宅していた上の娘を寝かしつけ、小さな体を埋めるかたちで寝床の布をかけ直していたら、寝室の窓にどん、と質量のあるものがぶつかる音がした。

ぶ厚いカーテンをめくり、驚く。そこには胴回りがほっそりとした、美しい緑色の蛇がいた。身をくねらせ、必死に窓へ向けて体当たりをしている。体はスグリよりも一回りほど小さい。子どもだろうか。特に敵意は感じなかったので窓を開けると、蛇は細かな鱗を散らしながらずるりと室内へもぐり込み、力尽きたようにとぐろを巻いた。

「だいじょうぶ？」

呼びかけに、蛇は答えない。びっしりとささくれ立った鱗の下に、乳色の人の肌が覗いていた。そうっと剥がれかけの鱗を撫で、ばらばらと床へ落としていく。薄く柔らかな肩胛骨《けんこうこつ》が覗き、背筋のくぼみがむき出される。続いて、丸い小さな尻、先のとがった固い乳房、片手でつかめそうな細い首。

やがて、恐ろしい蛇の衣の下から姿を現したのは、ぐったりと憔悴《しょうすい》した下の娘だった。娘はまつげを震わせ、まだ夢の浅瀬にいるような頼りない目を上げる。私に気づき、ひ、と青ざめた唇を引きつらせた。

「ママ、どうしよう、私」

好きな男の子を食べてしまった、と娘は濡れた声で訴えた。

学校帰りに、よく通りですれ違う男の子だったらしい。顔も姿も、靄に隠れてはっきりとは見えない。けれど繊細な指の形やほっそりした肩のラインがたまらなく好きで、彼の姿を見るだけで一日中幸せな気分でいられた。だけど今日、彼が靄の中で他の少女と指を絡める一瞬を見てしまった。気がつけば体が太くしなやかな蛇に変わり、男の子を物陰へ引きずり込んでずるずると体をすすっていた。

わっと声を上げて私の膝へしがみつき、下の娘は大粒の涙をこぼす。普段は濃いこげ茶色の瞳が、澄んだ琥珀色に染まっていた。まだ鱗の残るうなじがぬらりと光る。スグリとはまた色合いの違う、淡い金色の光の帯。

「好きな人を食べるのは、気持ちがよかった」

途方に暮れたような声だった。私は返す言葉を失ったまま、こまかに震える娘の背をゆっくりと撫で続けた。


「そんなの、思春期にはよくあることじゃない」

馬鹿馬鹿しい、と笑い飛ばされ、腹が立った。炒った銀杏をまとめて口に放り込み、ぶつぶつと噛みながら反駁《はんばく》する。

「私は、そんなの、したことない」

「あんたはたまたまお堅く育ったのよ」

「あんなに小さいうちから男を食べちゃうなんて。そんなんじゃ愛する人と添い遂げるなんてぜったいにできやしないわ」

「愛する人と添い遂げる」

言葉をそのまま真似て、スグリはふんと鼻を鳴らした。湯上がりの肌が薄く染まって、相変わらず色っぽい。

「それってそんなに大事なこと？」

「なんてこと言うの。愛するって幸せなことよ。私は娘にそれを味わってもらいたいだけじゃない」

愛する、と言葉にするたび、夫の顔が浮かんで胸が甘くなる。真面目で親切な優しい夫。懸命に私や娘たちを守ってくれる。私はよいつがいに恵まれた。

そんな私を冷めた目で眺め、スグリは透明な酒をするりと飲み下す。やがて、吐き捨てるように言った。

「蛇にもならない人生なんて」

「普通に生きていたら、蛇になんてならないわよ。あんたの性格がきつすぎるの。ああ、あの子があんたみたいになったら困っちゃう」

「言ってくれるわ」

地平線がほのかに明るくなり、川から乳白色の靄が湧き出した。ふうっと後頭部の辺りに眠気が差し、女の時間が終わっていくのを感じる。

私たち、世界の半分しか見えないんだね。下の娘の声が耳へ蘇る。世界の半分しか見えなくても、それで満たされるならいいと思う。なにもかもを知ろうとするのは、まるで愛する人を信じていないみたいだ。

「そもそも、そんなに簡単に男を愛せることがおかしいのよ」

青畳の座敷に足を投げだし、スグリはこんがりと焼かれた骨付き肉をしゃぶった。灰色の骨が肉厚の唇に吸い込まれ、柔らかな肉を削いで引き出される。

「男なんて、好きになって、憎んで、また好きになって、恨んで、それがぐるぐると続いて、もう捨てちゃいたいなあってなった頃に、やっと少しは一緒にいられるかなってぐらいじゃない。いくらしゃべっても、言葉が通じたと思ったことなんて一度もないわ」

「うちはあんたみたいに派手じゃないから。普通にお見合いして、普通に結婚して、地味なもんよ。私もあの人もあんまり冒険するたちじゃないし、子供もいるし」

「あんたはすぐに自分の知らないもののことを、一部とか派手とか言って遠ざける」

そんなことを言ったって、酔うたびに恋しい男を丸飲みしにいく女を普通とは言わないだろう。むっとしながら最後に残った徳利《とっくり》の中身を分け合い、つつき散らしたつまみの皿を片付けていく。

最後の銀杏を奥歯で味わい、スグリは目の端に薄い笑いを含ませた。

「あんたの娘に言ってやりな。好きな男を丸飲みするのもいいけど、いちばん気持ちがいいのは、襲いかかった男がこっちと同じくらいの化け物になって、本気でやり合ってくれることだよ。叩いて、嚙んで、引っ搔いて、やり返されてぐちゃぐちゃになって。殴っているのが自分なのか、相手なのか、わからなくなったときがすごくいい。あんまりに気持ちがいいものだから、食べずに帰ってきたことが何度もある」

思わず空の徳利を並べる手が止まった。男が女と同じような化け物になるなんて、聞いたことがない。

「男の人が、化け物に？　うっそお」

「ふふふ」

「そんな、特別な人じゃなくて？」

「ほらまたそんなこと言って」

甘い香りのする夫の首筋を思い出す。薄い体、さらさらと心地の良い肌。いつだって私や娘のことを一番に考えてくれる静かな眼差し。あの人が化け物になるなんて、私が大蛇になるくらいありえない話だと思う。

あの人も、たとえば私の辿りつけない昼の世界では、そんな化け物めいた素質を見せているのだろうか。姿は蛇だろうか、虎だろうか、それとももっとまがまがしいものだろうか。乱暴な夫。冷酷な夫。無慈悲な夫。私の知らない眼差し。想像を巡らせたほんの一瞬、皮膚の下を酔いに似た熱さがざわりと通り抜けた。

帰宅後、熱の籠もった布を掻き分けて夫の体を掘り出し、起きたばかりでまだ動きの鈍い瞳に「体が変異したことはある？」と聞いた。

夫はさも心外だとばかりに細く整えた眉をぎゅっと寄せた。

「俺はそういうのは、あまり」

「だよねえ」

どっと温かいものが胸にあふれる。やっぱり私たちは似たもの夫婦だ。満ち足りた気分で清潔な匂いがする夫の頬へ唇を這わせた。秋から冬にかけてどっしりと脂を溜めていく女たちに比べ、男たちは目の色を青く薄くして、みるみる乾いて小さくなっていく。すぐに死んでしまいそう。そんな儚さがまた彼らの愛らしさを増してみせる。

夫はあくびを噛んで寝癖のついた頭を掻いた。

「変異っていうのはあれ、たまに事件になる大型の怪物のことだろう？」

「怪物？」

夫の声に、まるで異物について語っているような冷ややかさを感じ、胸がこつりと硬く弾んだ。

「怪物。いきなり襲いかかってくるから、みんなで退治するやつ」

「た、退治？」

夫の話では、怪物は時々現れるらしい。特に朝方に多く、物陰からゆるりと這い出て、起き抜けや通勤途中の男を襲う。なぜか特定の一人に執着することが多く、怪物に襲われている仲間を見つけたら、男たちは棒や鉈を手に加勢して、退治することが暗黙のルールとなっている。

「一人のときに出会ったら絶対に勝てない恐ろしい相手だけどね。貴重な毛や鱗が手に入るし、工場の資源にもなるし、うまく倒せたらありがたくもある」

ごく当たり前の世間話として語り、夫は新しいシャツを下ろした。しゅ、と衣擦れの音を立ててネクタイを締め、さわやかな柑橘系のオーデコロンを手首の内側へ擦りつける。

誤解を、解かなければならない。散らかった寝床にへたり込んだまま、干涸《ひから》びた舌をぞろりと動かす。違うのだ。その怪物は、確かに男にしてみれば恐ろしい存在かも知れないけれど、そうではなくて、そうではなくて。

「お、女なの」

「え？」

「その怪物は、女なの。大好きで大好きで追いつめられると、そんな姿になってしまう人がいるの。退治だなんてひどい。そもそも、好きな人に邪険にされなければ怪物になんてならないのに。衝動が収まれば、ちゃんともとの姿に戻るのよ。どうかそんなむごいことは止めて」

「ああ、そんな説もあるね。怪物の正体は、気の狂った女だとか。朝方によく出没することからも整合性がとれる」

特に驚いた風でもなく頷いて、夫は空色のネクタイにピンを刺した。細く長い銀色の、針のようなピンだった。やがて身支度を終えた小綺麗な格好で、静かな目を私へ向ける。

「正直なところ、冷静な君がそんなことを言うとは思わなかった」

「え？」

「もとが女でも、理性を失ってこちらを殺そうと襲いかかってくるんだ。そちらの方が、よっぽどひどいことだと思わないかい？」

「それは……そうかもしれないけれど」

「怪物は怪物だよ。女の人は大きいし、美しいし、猛々しさに惚れ惚れする。ただ、変異してしまったら別物だ」

だけど、いとしさ故なのだ。好き好んで襲いかかっているわけではないのだ。それに正直なところ、女と男とはそういうものだと思っていた。昔から男を食べる女の話はよく聞いていたから、野蛮で恥ずかしいことだとは思っていたけど、昼の世界でそんな厭《いと》われ方をされているとは想像もできなかった。

言葉が喉に詰まって、うまく説明できない。うかつなことを口に出したら、余計に夫との距離が広がってしまう気がした。そんな私を無言で見つめ、夫は深く深く息を吐いた。

やっぱり、女の人の考えることはよくわからないな。そう疲れたように呟いて、彼は仕事に出ていった。

「社会科見学に行ってきた」

帰宅早々に弾む声で言って、上の娘は子どもの字で綴られた社会科見学のしおりを取りだした。学校を出て、公園や町を探検し、昼に男たちが働いている工場にも足を伸ばしてきたらしい。設備や機械の説明を受け、普段私たちが食べているもの、使っているものがどのように作られているのか、学んできた。

「お肉の工場が面白かった。お肉の芽に針を刺したり栄養を混ぜたりすると、味が変わるんだって。それもね、こんなにちっちゃな針なの。ちくっと刺したらもう元には戻らないで、おいしい味のまま、そのお肉はどんどん大きくなるんだよ」

しおりには、ばんのうせい、という言葉の下に、なんにでもなれるまほうのちから、という説明書きがされていた。万能性のことだろう。ほんのわずかな刺激を与えることで成長が方向付けられ、代わりになんにでもなれる魔法の力を失う。最終的にお肉の芽は立派なお肉になり、女たちの強靭な手で切り分けられ、蒸したり、揚げたり、串に刺されて焼かれたりする。

同じような見学は昼夜を逆転したかたちでも行われている。昼のあいだに少年たちが私たちの職場を訪れ、持つことのできない大きな包丁をこわごわと眺めたり、積み上げた骨の一部を土産に持ち帰ったりしているらしい。

【お昼の世界を知ることができて、うれしかったです】

しおりの終わりの感想欄に書き込んだコメントに、教師が花丸を付けていた。起き出した夫にそれを見せ、娘は嬉しそうに頭を撫でてもらっている。

知っているとはなんだろう。公園について、町について、工場について、仕組みについて、知っていても、私は昼の世界のことを知らない。知らないまま愛し、知らないまま遠のいて、靄がかった対岸を眺めている。

ただ、出会ったばかりの夫と二人で暗がりの道を歩いたときに感じた、はじめて世界と正しく手をつなげたような幸福感は肌へと染みて、忘れられない。

仕事帰りに、暗い川へ足を浸した。一歩で膝まで沈んでいく。水の冷たさで、自分の肌が火照っていることがわかる。夫のところへ行きたい。川面の靄を掻いて深くもぐる。息ができる。突き出した腕がどこまでも伸びる。

闇の深い川だからこそ、女の目を持つ私にははっきりと見えた。川底には生白い男女の体が降りつもっていた。川を渡れなかった者たち、戦いに敗れた者たち、女に飲まれた男たち、男に切り刻まれた女たちの体だ。痛みの時間を終えて、柔らかくほろほろと崩れている。だからなんだというのだろう。人のことなんてどうでもいい。もっと強く、もっと速く。対岸の人へ辿りつけるようにと水を蹴る。手足にまとわりつく水が、次第に冷たさを増して重くなる。私の体もゆるく沈む。夜の時間が終わり、意識が閉じていく。いやだ、まだダメだ。届いていない。伸ばした指が朝焼けに染まる川面をわずかに掻いて、とぷりと落ちた。

まぶたを開く。シーツにのせた指先を染めているのは朝焼けではなく、カーテンの端から差し込んだ夕日だった。

全身がべとつく汗で濡れている。あわあわとした娘たちの寝息が周囲の布から立ちのぼり、羊水のように小さな部屋を満たしている。まだ夫は帰ってきていないようだ。出勤の支度をしようと身動《みじろ》いだ瞬間、左手に引きつれるような痛みを感じた。なにかと思って目を凝らす。人差し指と親指のあいだの柔らかい部分に、綿毛のようなゴミが付着していた。つまんで捨てようと力をこめる。

ひりつく痛みをともなって、皮膚の下から小指ほどの長さの羽がずるりと顔を出した。黒く艶やかな、存在感のある硬い羽だった。あ、と息を吞んで後ずさる。羽を抜いたあとには、赤く腫れた毛穴がぽっかりと丸く広がっていた。

「ただいま。もうみんな起きてるか？」

玄関から、聞き慣れた声が響いた。

私は声も出せずに、寝室に顔を出した夫を見上げた。よほど変な顔をしていたのだろう。どうした、と外の匂いをまとった手に髪を撫でられる。夫はやがて私の手にした羽と、手の甲に空いた赤い穴に気づいて目を見開いた。二人、言葉を失くし、ここで朽ちていく彫像のように見つめ合う。パパおかえり、と舌足らずな下の娘の声が響くまで、永遠めいた静けさが暗い寝床を満たしていた。

きっかけはほんの些細な刺激だ。それで、もう元には戻れない。

肌が潤む湯上がりの座敷で、私は袖をまくり上げ、酒にもつまみにも目をくれずに、まばらに生えた羽を抜く。黒い羽は、皮膚の奥から次々と湧き出した。一日も放っておけば、抜ききれないほどの量になってしまう。

「あんたは、蛇じゃなくて鳥だったんだね」

相変わらず大量の酒を水のようにあおりながら、スグリはしみじみと噛みしめるように言う。私の変異が始まってから、彼女の目は優しくなった。時々、背中の羽を抜くのを手伝ってくれる。羽を抜くたび、皮膚の奥で小さな火花のような痛みが走り、腫れて開いた毛穴にぼんやりとした熱が残る。そんな気怠い苦痛にももう慣れた。

「スグリも、鱗を抜いたことがある？」

「昔はね。学生の頃かな。わけのわからないものになるのはこわかったよ。でも、こういうものは一度始まったら止まらないから」

その通りだった。下の娘が蛇になったと打ち明けたときの、夫の眉間に走った細い嫌悪。そして、日々羽を生やしていく私を見つめる眼差しににじむ怯《おび》えに気づいてから、私たち夫婦はますますお互いの言葉が理解できなくなった。

そんな目で見ないで、どうしてこんなことに、こわがらないで、ほんとうは俺を憎んでいたのか、どうしてわかってくれないの、今までのなにもかもを壊すつもりか！　口論が昂ぶるにつれて娘たちは萎縮し、寝床の奥で固く抱き合いながら蛹《さなぎ》のように眠り始めた。それに気づいても、どうしてやることもできない。

「私やあの子が変異したら、あなたは男の人たちを引き連れて、棒や鉈で叩き殺すの？」

問いかけた瞬間、青く澄み切って美しかった夫の瞳が、初めて複雑な濁りを見せた。言葉の絶えた長い時間を、絶望的な眼差しで見つめ合う。不思議なことに、そこには今までの私たちのあいだにはなかった、なにかが生まれ始めていた。ひりひりと乾き、傷んで、熱をもった、愛によく似た、けれど愛とは少し違う、焼けた小石のようなものだった。

「あんたにとって、次の世界が始まるのよ、きっと」

「スグリにはわかるの？」

「わかるわけないじゃない。つがいなんて、もったことないもの。私たちはみんな別々に、それぞれの理由で死ぬのよ」

白く眩い星々の下、肩から湯気を立てた女たちが思い思いに足を伸ばして酒を飲んだり、肌をこすったりしている。羽を抜き続ける私を見ても、誰も大した関心を払わない。私が蛇に変異するスグリの姿に酒の肴以上の感情を持たなかったように、好奇の目を向けた一秒後には、誰もがそれぞれの宴を再開する。

あぐらを掻き、大口を開けて塩ゆでの落花生を頰ばるスグリを眺めた。蛇の残忍さを目端に香らせて、それでも彼女は美しかった。野蛮で淋しい、屍が積もった川底の景色を知る人の美しさだった。私は肘に残った羽をぷつりと抜き、コップに残った酒を飲み干した。

家に戻ると、低いうめき声が寝室から漏れ出ていた。何事かと駆け込んだ先では、布を幾重にも体に巻きつけた夫が、部屋の隅で苦しげに身を丸めていた。

「君のせいだ」

夫は泣いていた。その目元の皮膚には不気味なひび割れが入り、奥から血のように赤黒い毛並みが覗いていた。

「君のせいだ。君のせいで、俺は」

「うん、そうね」

苦しいね、苦しいね、と愛していると同じ温度で囁きながら、崩れていく夫の体を抱きしめた。そうするあいだに私の方も、ぷつぷつと音を立てて全身の毛穴が爆《は》ぜていく。

黒い羽が、皮膚を破ってあふれ出す。

「私たち、どんどん二人きりになっていく」

微笑みかける私は、おぞましい鳥の顔をしていただろう。溺れる人が川の真中で出会ったように、冷え切った手を握り合う。

濁りの増した、それでも私にとってなによりいとしい二つの瞳でこちらを見つめ、夫はやがて、静かに顎を引いて頷いた。

薄布

駅から少し歩いたところにある繁華街は、ここ数年で一番の賑《にぎ》わいを見せていた。

商店にはものがあふれ、店先に積み上げられた新鮮な野菜が真珠をまとったようにきらめいている。ガラスケースに並ぶ、ぷるりと張った桃色の肉。鼻先をくすぐる蠱惑的な香辛料の香り。見たことのない異国のお酒の瓶を見かけるたび、夫に買って帰ろうかと思う。ただ、今は荷物になってしまうので後回しだ。通りを歩く人々の姿もずいぶん変わった。前は手触りの悪い綿の服が多かったのに、今ではなめらかな絹の服もそう珍しくない。生地をたっぷりとつかった、大輪の花のようなワンピースを着た女たちが軽やかに町を闊歩している。

私も、今日は仕立てたばかりの青いワンピースを着てきた。どんな服装にすればいいのか、よくわからなかったのだ。ひんやりとした絹に全身を撫でられ、ほのかに昂揚する。浮かれたまま繁華街の奥に位置する三階建てのこぢんまりとしたホテルに入った。

白壁の、周囲に楓の木が植えられた清潔感のあるホテルで、若い頃に何度か利用したことがある。小さなカウンターには目線避けのブラインドが胸の高さまで下ろされていて、受付の人間と顔を合わせずにやりとりできる仕組みになっている。

「香辛料を受け取りに来ました」

ブラインドの向こうに呼びかける。すると高くも低くもない女の声が、種類はなにをお探しですか？　と聞いた。

「シナモンで」

「こちらへどうぞ」

血色のよい桃色の手が、三〇五と書かれたカードキーをブラインドの下から差し出した。秘密の部屋の扉を開ける鍵。つまんだ瞬間、指先がじんと痺れた。エレベーターに乗り込み、三階へ上る。

三〇五号室は廊下の突き当たりに位置していた。ドアノブのそばのスリットへカードキーを差し込む。ぴ、とかすかな電子音に続いて扉が開いた。

部屋には、爽やかで軽いハーブの匂いが立ちこめていた。入ってすぐ左手にバスルームとトイレが設置され、床にはよく手入れのされたフローリング材が張られている。そして部屋の中央に鎮座する、シーツもカバーもなにもかもが白い、海原のように大きな寝台。その端に、白いシャツに黒い半ズボンを合わせた少年がうつむきがちに座っていた。

少年、なのだろうか。

青年、とも言えない。

とにかく、成人ではない。下あご、うなじ、膝頭のあやうい細さに目が吸い寄せられる。この体は、まだ大人のふてぶてしさを獲得していない。嚙んだら草の味がしそうな脂っ気のない体だ。背も、私よりいくらか低いだろう。

しかし具体的な年齢はよくわからない。彼の目元が、光沢のある紺のリボンで隠されているからだ。緊張しているのか、薄い唇から時々ちらりと舌を覗かせ、乾燥した下唇を舐めている。

人形、とこの遊びを勧めてくれた友人の言葉を思い出した。私は彼の隣に腰を下ろした。ベッドの振動でそれがわかっただろうに、少年はぴくりともしない。栗色の髪にそっと指をくぐらせる。青みを帯びた黒髪の私たちと違って、北からやってきた人はみな明るい髪の色をしている。

毛先をつまんで照明に透かすと、栗色だと思っていた髪の毛の一本一本は、実は金色なのだとわかった。色が重なり、根本にいくほど色が暗くなって、茶色っぽく見えていたのだ。だから時々色が変わって見えたのか、と納得して毛束を離す。ふと、いい匂いが漂った。石けんと、なにかの花の精油のような、清潔だけど粘りのある匂い。

五本の指を栗色の髪の根本に沈め、指の腹で頭皮をこすりながら撫でる。泡が立つように、ふわふわと匂いが広がった。

最近新しい趣味にはまっているの、と教えてくれたのは同じマンションに住むカリンさんだった。

「お人形遊び」

「え、あの、陶器の？」

「前にずいぶん流行ってたよね。でもあれ、人形も服も高いんでしょう？」

一緒にお茶を飲んでいたヤナギさんとオトギリさんも身を乗り出す。私たちは同じマンションに住む洋裁クラブのママたちだ。このクラブは子どもの手が離れた頃合いの母親が多く、みんなそれぞれに仕事を持ちながら月に何度か予定を合わせ、小物を縫ったりお茶を飲んだりしている。

カリンさんはにこやかに他の三人を見回し、たっぷりと焦らしてから切り出した。

「北の子と一緒に遊べる場所があるの。もう、好きな洋服を着せたい放題。最近じゃいくら縫っても娘や息子はうっとうしがって着てくれないからさ。着せ替えして、お化粧させて楽しんでるの。時間内だったらなにしてもいいのよ。抱っこして添い寝とかも出来るし」

「えー、なにそれ。いいなあ」

「あんな天使みたいな子たちを抱っこ出来るの？」

「アザミさん知ってた？」

ヤナギさんがこちらに話を振る。私は首を振った。

「知らなかった……けど、割のいいアルバイトがあるって話は、生徒の噂で聞いたことがあるよ」

「へえ、そういうものなんだ。ねえねえ、言葉って通じなくても大丈夫なの？　楽しい？」

カリンさんはあっさりと頷いた。

「うん。向こうもね、お客を困らせるからしゃべらないようにって言われてるみたい。だから、気楽なものよ。綺麗な人形に触るみたいに、黙ったまま好き勝手できるの。もちろん、暴力をふるったりとかはだめだけど。……あの子たち、ぎゅっとするとすっごくいい匂いがする。あったかいし。一緒に布団に入ったら、久しぶりに熟睡しちゃった」

いいなあ、と三人分の声がハモった。私ももう長い間、誰かと一緒に寝るということをしていなかった。出産を機に夫とは寝室が分かれ、息子はもう親をうっとうしがる年頃になっている。

それからカリンさんは、彼女が手がけているレース編みの大作タペストリーの手伝いと引き替えに、その夢のような場所の行き方を教えてくれた。北の子を派遣している事務所に電話をかけ、性別や体つき、顔立ちなど、だいたいの希望を伝える。すると条件に添う子を見繕って、指定した日時にホテルの部屋へ届けてくれる。私が先方に伝えたのは男の子で、あまり体の大きくない子、という条件だけだった。

そうだ、抱きしめてみよう。

初めの目的を思い出し、傍らに座る少年を振り返る。歪みのない真っ直ぐな鼻と、どこかやんちゃそうにも見える軽くめくれた上唇。左の頬骨の上には小さなほくろが三つ、星座のように並んでいる。目が隠されているため本当に美しいのかはわからないが、少なくとも見える範囲はかわいらしく整っている。

肩に触れた瞬間、彼の体にぴくりと力が入った。慎重に引き寄せて胸に抱き込み、背中に手のひらを弾ませる。初めは背筋に硬い棒が通っているようだったけれど、だんだん少年の体はほぐれていった。たわみ、ゆるんで、私の体に沿ってくる。

幼い息子とのふれあいを思い出させてくれる、贅沢なお人形。そんなものだろうと思っていた。少年は体の力を抜いて従順に抱きしめられている。力を込めるだけしなる骨。鼻先をさらさらと流れる細い髪。なんだろう、なにかが違う。なにかが決定的に違う。

小さい頃も含めて、息子がちらりとも体に力を入れず、されるがままで腕に抱かれていることなんて一度もなかった。

これは、私が知っている子どもとは違うものだ。目を塞がれた少年の顔を覗く。半開きの唇を、そっと親指の腹でなぞった。


毎日毎日、新しい子がやってくる。遠くから、戦火を逃れ、列車に乗って運ばれてくる。

午後からまた受け持ちの生徒が五人増えることになった。隣の学校の受け入れ枠がいっぱいになってしまい、こちらに回された子たちらしい。私は渡された書類に目を通した。彼らの正式な母国語での名前の隣に、ワカバ、イチョウ、レモン、アスパラ、セロリ、などと入国管理官が適当に付けたのだろう冗談みたいな通称が並ぶ。アスパラなんて、この学校だけでも三人目だ。どうしたものかなと思いつつ、待ち合わせ時間に校門まで迎えに行く。

門の前では市の担当者と一緒に、五人の少年少女が支給された真新しい黒い学生服を着て佇んでいた。

「いつもどうも」

「や、お世話になってます」

市役所勤めの若い男は気安く頭を下げ、横に並んだ子どもたちを紹介してくれた。ワカバとイチョウが女の子。ワカバはショートカットで、イチョウはロングヘア。どちらもくるくるの巻き毛が愛らしい。レモン、アスパラ、セロリは男の子だ。アスパラはがっしりとした体つきで、五人の中でも頭一つ大きい。うちにいる二人のアスパラよりも大きいので、大アスパラと呼ぼう。レモンとセロリは小柄で痩せていて、レモンはメガネをかけている。セロリはあっさりとした小綺麗な顔つきだが、整っている分だけ特徴がない。全員、驚くほど白い肌と陰った金の髪、夏の海をくり抜いたような深い青色の目を持っている。北の子たちはみんなかわいくて、だからみんな、似て見える。

『こんにちは、会えて嬉しい』

子どもたちに笑いかける。学生時代に北方の言語を修めた関係で、私は子どもたちに簡単な日常会話と、就労に必要な社会の基礎知識を教えるボランティアの講師をしている。私の片言の挨拶に、子どもたちは用心深い沈黙で答えた。

「それじゃあ、お預かりします」

「いやあ、助かります。どこもかしこも人手不足で、アザミ先生のような志の高いご婦人に助けられてばかりです」

「やめてください。もう自分の子どもも大きいですし、家にいても暇だっただけです。こんなにかわいい子どもたちのお手伝いが出来るなら本望です。——ね、遠くまで大変だったたね。これから一緒に、仲良くお勉強しよう」

腕を伸ばし、ワカバの巻き毛に手のひらを当てる。ワカバはぴくりと肩をふるわせ、臆病な小リスのように身を引いた。男は何度も頷き、そばに停めてあった自転車にまたがって帰って行く。

『行きましょう』

言って、五人を先導する。彼らが過ごすのはグラウンドを半分潰して作られた臨時校舎だ。昼休み中のざわついた教室へ入り、昨日のうちに用意した教壇の真ん前の五つの席に彼らを案内する。これで私の受け持ちは三十三人。これ以上増えると目が届かなくなりそうだ。ただ、月末には三ヶ月の教育期間を終えて七人が卒業するので、それまでの辛抱だ。適当に散らばって食事を取ったり、集まってカードゲームをしたりしていた他の生徒たちは、新入りにじろじろとぶしつけな視線を送っている。

『席はここ、荷物は後ろ』

指を差しつつ、説明する。新しい五人の子どもたちは硬い表情のまま、それでもぎこちなく指示に従ってくれる。それぞれが席に着き、一息ついたところで、セロリがおずおずと私の服の裾を引いた。

『鉛筆、持ってない』

淡い色の眉をひそめ、小声で恥ずかしそうに言う。私は力強く頷いた。

『鉛筆、あげる、大丈夫』

セロリは神妙な顔で頷いた。しみ一つない真っ白な左頬には小さなほくろが三つ、星座のように光っていた。

授業が終わって教職員用の駐車場に向かうと、いつも通りぴかぴかに磨き込まれたシルバーの乗用車のそばで、ドライバーのニコルが待っていた。ニコルは北出身の初老の男性で、戦乱初期のかなり早い時期にやってきたため、日常会話くらいなら全く問題なくこちらの言葉をしゃべることが出来る。私の家以外に三軒の家庭とドライバー契約を結び、五人の家族を養っている。姿勢のいい鷲鼻の紳士だ。北にいた頃は銀行に勤めていたらしい。

「お疲れさまです、マダム」

「うん、スーパーまでお願い」

「かしこまりました」

後部座席に乗り込むと、メンテナンスの行き届いた車は氷の上を滑るようななめらかさで発進した。柑橘系のフレグランスが吹きつけられた車内は涼やかで、塵一つ落ちていない。

スーパーで食料を買い、荷物はニコルに持ってもらって、マンションの十七階へ上がる。メイドのアイリスに食材を渡し、写真付きのレシピ本を指さして今日の夕飯を指示する。住み込みで働いている私の母親ぐらいの年頃のアイリスは、まだこちらに来たばかりのため、あまり言葉が得意ではない。だが調理の就業経験はあるみたいで、とてもおいしい料理を作ってくれる。掃除もよく気がついて、家の中はいつも快適だ。

数年前まで、私は仕事に出たくても出られない鬱屈《うっくつ》した主婦だった。夫と息子は当たり前のように百パーセントの奉仕と家事労働を私に求め、私の世界は閉ざされたまま、誰にも助けを求められなかった。

扉が開き、息子が学校から戻ってきた。おかえり、と呼びかけても、岩のように黙りこんでなにも言わない。ちらりと私を一瞥し、アイリスとニコルの挨拶も素通りして、すぐに自分の部屋へ入っていく。

恥ずかしいわ、と肩をすくめると、ニコルは鷹揚《おうよう》に首を振った。

「あなたに甘えているんでしょう。子どもが親に甘えられるのはいいことです」

「そうかしら」

「状況が極まると、子どもは小さな大人になってしまう。私の子どももそうでした。だから坊ちゃんのわがままは、私には一輪の花のように素敵なものに見えます」

「だといいけど」

顔の表面で鈍く笑う。そんなにいいものではない。息子は父親を真似ているのだ。

夫は私に話しかけない。用があるときだけぶっきらぼうに命令し、少しでももたつけば犬や猫にするように怒鳴りつける。私がなにか言うと、くだらないことをしゃべるなと制してくる。軍に勤める彼は仕事が忙しい分、家ではほんの少しの不快も許せないらしい。黙り込んだ夫と囲む食卓は気づまりで苦痛だった。だけど、ニコルやアイリスを雇って、私の生活は一変した。

仕事を盗られる、言葉が通じない、町が狭くなった、治安が悪くなる、なにを考えているのかわからない、と嫌がる人もいるけれど、私は彼らが来たことに感謝している。良き隣人として、講師として、雇用主として、温かく迎えたい。

軽く閉ざされた肉の合わせ目を、そうっと指でこじ開ける。ためらったのはほんの一瞬で、シナモンは親鳥を前にしたひなのようにぽかりと丸く口を開いた。行儀よく並んだ白い歯と明るい桃色の口腔《こうくう》が露わになる。うっすら唾液が溜まった、柔らかそうな舌のくぼみ。そこへ粉砂糖がまぶされたトリュフチョコレートを一粒、ころりと落とす。

細い体が小さく弾み、目元を隠したリボン越しでも、彼が驚いて目を丸くしたのがわかった。頬を膨らませ、シナモンは一心にチョコレートを舐める。口からなくなったのを見計らって次の一粒を唇に当てると、今度は自然な動作でむしゃぶりついてきた。指先がチョコレートの混ざった唾液で濡れる。二つ、三つ、と食べ続けるうちに、色白だった彼の頰が薔薇色に染まった。きっとこんな菓子は何年も食べていなかったに違いない。だってこの子は、鉛筆すら持っていなかったのだ。

キャラメルやクリーム、フルーツソースなど、トリュフから溶け出した様々な香りが少年の息を染める。髪を撫でると、猫のようにすり寄ってきた。指先でトリュフを一つ潰し、中からあふれたチョコクリームをすくって無防備な口に差し入れる。ちゅっと音を立てて指を吸われ、頭の一部がじんと痺れた。

つまらないと思ったことがあった。

息子が、赤ん坊から幼児になった頃だっただろうか。乳から離れ、自分の歯で色々なものを嚙み砕くようになった息子。しっかりとした二本の足で自由に公園を駆け回るようになった息子をえらいえらいと褒めながら、こんなものかと気抜けした。毎日毎日食事を与え、体を洗い、おしめを替えて、眠りに落ちるまでそばにいて、それでもこんなものか、だった。乳を吸っていた頃だって、息子は息子で、私は私だった。眠る息子は可愛かった。可愛くて可愛くて、でも、心も体も犯してはいけないものだった。可愛い、食べてしまいたいほど可愛いのに、それ以上深く交わる手段がなかった。

茜色に暮れる帰り道、しがみついてくる小さな体を抱きながら、私が目の前でトラックに轢き潰されたらこの子はどんな風に泣くんだろう、魂の砕ける瞬間が見てみたい、と夢想した。

そして私の目の前には、犯したっていい子どもがいる。美しい少年だ。従順で、賢い。なにかを望めば、代金の分だけ叶えようとしてくれるだろう。細い両肩に手を添えて、慎重に寝台へ押し倒した。手触りのいい絹のシャツのボタンを襟から順に外し、ベルトを引き抜いて半ズボンを脱がす。トランクスはおろしたてのように新しかった。きっと服はすべて業者が用意したものなのだろう。

下着に手をかけた瞬間、わずかにシナモンは顔を動かした。ふっと膝の辺りに力がこもり、だけどすぐに諦めたように腰を浮かせる。布地を取り去ると、剃毛された小振りの性器が寒そうに足の付け根にへばりついていた。

最後にベッドの端から垂れた両足から真っ白な靴下を引き抜く。狭い部屋に、生温かい肌の匂いが充満している。素裸のシナモンは動かない。展翅板の昆虫さながら息を潜め、次に訪れるものを待っている。

青白い体を見下ろし、私はベッドサイドに立ち尽くした。

手が、ぴくりとも動かなかった。

なにをすればいいのかわからない。触る？　どこを？　なんのために？　指の背で、石鹼みたいになめらかなお腹を軽く撫でる。シナモンは口を結んでじっとしている。裸にするより、チョコレートを食べさせていたときの方が楽しかった。

そう、気づいてすぐに、がく然とする。でもそれじゃあ、尽くすことで許されてきた今までと変わらないじゃないか。奪ってみたくてここに来たのに。幼いからだめなのか。いや、大人はもっとだめだ。大人の男は当たり前のように奪おうとする。奪われてきたからこそ奪いたい。それなのに、奪い方がよくわからない。自分の欲望の貧しさが悲しかった。そんなこと、一度も考えずに生きてきたのだった。

私が動かないのを察してか、シナモンが不思議そうに頭を持ち上げる。私は床に落ちていた彼の靴下を拾い、細い足をするりと覆った。体に手を添えて誘導し、また一枚ずつ服を着させていく。

ボタンを留めている最中、うつむいたシナモンが、ふ、と細く息を吐いた。かすかに湿った、まだカカオの香りが残る吐息に頬を撫でられる。下唇のかたちがきれい。そう思った瞬間、肉付きの薄い頬をてのひらで包んでキスをした。唇は、淡雪をつぶすのと似た柔らかさだった。

母乳？　と思わず聞き返した。

母乳、とヤナギさんは真面目な顔で頷く。

「出るの？」

「やだ、出ないよ。私が子どもを産んだの何年前だと思ってるの」

「え、じゃあ」

「ふりだけよ、ふり。おっぱいくわえて、吸ってもらうの。なんか安心していいよ」

「安心？」

「安心」

ヤナギさんはもう一度はっきりと頷く。へええ、と感心したような相槌を打ったのはオトギリさんだった。

「私、ひっぱたいて泣かせてる」

「なにそれ」

「知らない？ ちょっと多めに払うと、手を上げてもよくなるんだよ。もちろん骨折とか痕が残るのはだめだけどさ。向こうにも泣くように言っといて、それで好きなだけひっぱたくの。わんわん泣かせて。気持ちいいよ」

それはなんとなく覚えのある感情だった。私も泣きじゃくる息子が面白くてじっと見ていたことがあった。

どんなことが気持ちがいい？ と自分から切り出した話題に一通りの回答を得て、私は短くうなった。

「結局、子育てがらみなのかなあ」

「だって、それ以外だと男が気持ちいい世界に入っちゃうし」

「女が気持ちいい世界ってよくわかんないんだよね。まだ母親が気持ちいい世界の方が形になってる感じ」

「まあ、気持ちいい遊び方を見つけたら各自報告ってことで」

「フロンティアスピリットだいじ」

それまでぼんやりと話を聞いていたカリンさんが、はあ、と息を吐いた。

「たまに夫を見てるとうらやましくなるよ。もう、毎日よ毎日。会社の人や軍のお偉いさんと会食だなんだって、半裸の女をはべらしてどんちゃん騒ぎ。そりゃ私も人のこと言えないし、今更どうこう言う気はないんだけどさ。楽しそうなの。他人を使って気持ちよくなるのが上手なの。びっくりする」

「どうなんだろう」

靴下を編む手を止めて、考えこむ。

アイリスの前のメイドは、調理学校を出たばかりの若い娘だった。勤めて三ヶ月も経たないうちに夫の子どもを妊娠したと泣いて訴えてきて、夫は嘘つきの雌犬と罵りながらその娘を家から叩き出した。夫が哀れだった。樹液を見れば飛びつかずにいられない、くだらない虫のようだった。

とはいえシナモンとの逢瀬《おうせ》を知ったなら、夫は同じように私をおぞましい虫だと思い、踏み潰したくなるだろう。人間が簡単に買えるようになって、どんどん私たちは解放され、どんどんよくわからないものになっていく。

小一時間ほどで、薄緑色の子ども用靴下が編み上がった。あとはなにか、ワンポイントの刺繍でも入れたら完成だ。セロリとシナモンのどちらにあげよう。

夜遅く、夫は酒と香水の匂いをさせて帰ってきた。シャワーを浴び、寝間着に着替え、おい、とそれだけを言って私にコップ一杯の氷水を用意させる。

氷を噛み砕きながら寝室に向かおうとする夫になぜ声をかけたのか、自分でもわからない。

「今日は、どんなことがあったの？」

夫は足を止め、白目がかった鋭い目をこちらに向けた。

「お前に言ってわかる話じゃない」

「わかることだけ聞きたいわ」

「くだらないことで時間を取らせるな、疲れてるんだ」

「家族と過ごすことは、あなたにとってくだらないことなの？」

がり、と氷を噛む音がする。夫の目がわずかに大きくなった。私はずっと、家庭を顧みない彼を憎んでいた。心が欠けた人なのだとどこかで蔑《さげす》んでいた。それなのにどこか楽しげな夫の顔を見た瞬間、シナモンが待つ部屋の匂いがふっと鼻先をかすめた。なにかとても後ろ暗いのによく光る、汚れた糸のようなものがつながって、わかってしまった。

「人を愛するより、好きなことがあるのね。そちらの方が一番なのね」

夫は息を吐き出すようにしてハッと笑った。私の言葉で彼が笑うなんて、鳥肌が立つほど珍しいことだった。

「なにを言ってるんだ。お前たちを、国を守るために仕事してるんだろう。そんなこともわからないからお前は馬鹿なんだ」

機嫌よく肩を揺らし、夫は寝室に入っていった。私はキッチンへ戻り、コップに赤ワインを注いでゆっくりと飲み干した。胃が温まる。でもまだ寒い。もう一杯注いだ。自分がこんなに寒い場所にいたなんて知らなかった。寒い。寒い、のに、可笑しい。目隠しの布を外したみたいによく見える。しんしんと凍える荒野で、初めて夫に会った気がした。

セロリを見ているうちに、気づいたことがある。私の教室にいる子どものほとんどは、着るものにも不自由な暮らしを送っている。親のない子はもちろん、親のいる子も、まだ親の方が新しい生活に馴染んでいないため、子どもの身なりを気遣う余裕がない。

だから爪を短く切りそろえ、美しく指先を整えているのは、すでに自身を商品にしたなんらかの商売に関わっている子だ。セロリはもちろんのこと、イチョウとレモンもそうだった。仲のいい小鳥のようにワカバとくっついて教科書を覗いている イチョウが、ヤナギさんの丸く張った胸にしゃぶりついているところを想像する。ノートの端に電車の絵を描いているレモンが、オトギリさんにぶたれている姿を想像する。

『パン屋がいい』

セロリは唇をちょっと突き出して照れくさそうに言った。

『どうして？』

『どこの町に行ってもあるから、どこに行っても雇ってもらえるし、腕さえあれば始められる。あと、家族全員パンが好きなんだ』

『あなたも？』

『クリームパンが好き。もうずっと食べてないけどね』

セロリの職業訓練申請書に、私は『パン屋希望』と書き込んだ。

『最近、困ったことはない？　お母さんの風邪は治った？』

『うん、大丈夫』

『来週は予防接種だからね、ちゃんと妹たちを連れていくのよ』

『はーい、先生』

元気のいい返事と共に向けられた笑顔がかわいくて、思わずセロリの頰をつまんだ。親指と人差し指で軽くこね、ぽん、と背中を叩いて教室から送り出す。

そして夕方の逢瀬の時、私は近所で一番高いクリームパンを買って行って、一口ずつシナモンの口に差し込んだ。

シナモンは相変わらず素直に口を開き、与えられるパンをもぐもぐと噛んで飲み下す。おいしい？　と聞きそうになって、半端に開いた口を閉じた。声を出したら、私だとばれるかもしれない。ばれたからどうだというわけではないのだけど、私はシナモンとセロリを完全に分断しておきたかった。パンが気に入ったのか、シナモンは軽くリズムを取るようにベッドから下ろした爪先を揺らしている。

おやつが終わったらシャツを脱がせ、体のあちこちにキスをした。くすぐったいらしく、シナモンは時々、う、と息を呑んで体をくねらせる。相変わらず、彼と性交をしたいとは思わなかった。夫に養われるための必要な奉仕の一環として行っていただけで、私はそれほどあれが好きではなかったんだと初めて知った。そういう手順の決まった行為よりも、幼い肌にじゃれかかる方がずっと楽しかった。見方に慣れてしまえば、シナモンの体には美しい部分がたくさんあった。うなじ、くるぶし、膝のうら。薄い箇所はくすぐり、柔らかい箇所には歯を立てる。私の歯に、舌に、指先に、小さな体が跳ね上がる。この部屋で、私は年齢も立場も容姿も忘れ、馬鹿な子猫にも残忍な蛇にもなった。

シナモンの人差し指はかじると薄荷飴みたいな風味がする。口に含むだけで、妙に安心して眠くなる。青くさい子どもの体に温められて沈む眠りはとても深い。ぷつぷつと細胞が再生する音が聞こえるような、回復の眠りだ。

ピピピ、と終了時刻を告げるアラームに揺さぶられて目が覚める。枕元に置かれたシナモンのスマホから鳴っている。それなのに、枕に頭を落としたシナモンは寝そべったまま動かない。少し遅れて、眠っているのだとわかった。

教え子でもない。息子でもない。恋人でもない。下手すると人間ですらない。目隠しをほどけば消え失せる、この世で一番、私に優しいお人形。

眠る子どものこめかみに唇を寄せ、寒そうな両足を薄緑色の靴下で覆った。手に多めの紙幣を握らせて部屋を出た。

帰宅すると、珍しく息子が起きて、キッチンのテーブルで待っていた。パジャマ姿で、自分で温めたらしいホットミルクを飲んでいる。

「起きてたの」

思わず口からついて出た。息子は咎《とが》めるような、ぎらっと光る眼で私を見た。ああいやだ、と胸で暗いものが咲く。あんなに可愛かったのに、あなたはどんどん父親に似ていく。

「遅えよ」

「ああ、ごめんごめん。仲のいいママたちと盛り上がっちゃって。でも、アイリスがいるから大丈夫だったでしょう？　パパは？」

「まだ」

「しょうがないわねえ。あ、ママもミルク飲も」

息子に合わせてミルクを用意し、近くの椅子に腰を下ろす。息子は私を見つめ、おもむろに口を開いた。

「なあ、よそ者を雇うのやめろよ」

「よそ者？」

「もともと自分の国の揉め事で逃げてきたやつらなんだろ。気持ち悪いよ。なに考えてるのかわかりゃしない」

「ちょっと、なに言ってんの」

「あいつらが来てから学校でもしょっちゅう金がなくなるし、みんな困ってる。いるだけで迷惑なんだよ。泥棒を家ん中で野放しにしとくようなもんだろ。頭使えよ、なあ。さっさと追い出せよ」

私には息子の苛立ちがわからない。ただ、音もなく失望が積もっていく。彼らを差別する態度にも、いなくなったってなにも困らないと自分のことしか考えていない視野の狭さにも。

「じゃあ、アイリスやニコルがいなくなったら、あんたがその代わりに手伝ってくれるの？」

「はあ？　なんで俺がやらなきゃいけないんだよ」

「やらなくていいの？」

「なに言ってんだよ、気持ち悪い」

「すぐにその言葉を使うのね」

ため息が漏れた。どこだろう、どこで間違ったのだろう。

「そんな言葉をすぐに使う、あんたの方がずっと気持ち悪い。私は、そういう人は大嫌い」

なぜだろう。その時私は、今まで息子の前でまとい続けてきた母親という着ぐるみを脱いでいた。このところ着ていなかったから忘れていた。

息子の顔からさあっと色が引く。肩を震わせ、顔をくしゃりと歪めた息子は、ぼそぼそと聞き取りにくい声で呟いた。

「俺は……ただ、前みたいに、三人で暮らした方がいいって……」

「……そう。そう言いたかったのね」

きっと息子は、さみしいのだろう。父親も母親も、自分以外のものに熱中していることにとっくに気づいているのだろう。でも。

「元には戻らないわ」

戻るとは、あの生活に戻るということだ。息をひそめた人形の生活。息子は断られるなんて想像もしていなかった様子で、ぽかんと目を見開いている。ふいに、にわか雨に降られたように心が濡れた。

かわいそうに、この子は本当になにもわからないのだ。なぜ自分の無垢な望みが拒まれるのか。自分が当たり前だと思っている生活が、私を虐げるものであることを知らない。父親を畏れ、母親に甘えている健やかなこの子は、きっと一生、理解しない。

じわりと口角が持ち上がった。可笑しかった。夫と初めて会話が噛み合ったときと同じくらい可笑しい。胸の真ん中を深く切りつけられ、じくじくと血があふれている。寒い。悲しい。それなのに、ねじれた喜びに顔が歪む。ああ、この世はこんな風になっていたのだ。

「なに笑ってんだよ」

「あんたを愛してる。それは本当よ」

「……ちょっと前に持ってた、緑の、靴下」

「ん？」

「誰にやったんだよ」

気がつけば、息子の目尻が濡れていた。わなわなと口の端が震えている。

「よそ者のガキがそんなにかわいいかよ。それならあいつらのとこに行っちまえよ！親父に養われてるくせにタダで講師とかやってありがたがられて、みっともないんだよ！　気づけよ！」

驚いたことに、息子は私を愛しているようだった。亀裂の入った魂がぎらぎらと輝きながら砕けていく。そんな潔く激しい泣きざまに目を奪われた。なんて綺麗なんだろう。なんてばかなんだろう。

「可笑しいね」

泣きじゃくる息子を、私はいつまでも眺めていた。

いつもの時間に、いつもの手順で、いつもの部屋へ向かった。もはや慣れ親しんだ精油の香りを吸い込み、薄暗い部屋に入る。

寝台ではいつものように目隠しをした少年が手折《たお》られた花のようにうつむいている。私は部屋の入り口に立ったまま、その姿をしばらく眺めた。

意志のない体は、なんてかわいそうで美しいんだろう。醜くなる余地がない。醜くなる自由がない。だから、可笑しさもない。息を詰めて、なにかを探すつもりでじっとその姿を見つめた。かわいい。いたいけで、心地いい。だけどそれだけだ。心を裂かれる痛みより可笑しいものは、この部屋には見当たらなかった。

シナモンに触れようとして、やめる。やっぱりもうだめだった。目の前に座っているのは美しいお人形ではなく、青白い肌をした気の毒な子どもだった。それでも諦めきれずに目で追った。目元を覆う布、浅く呼吸する唇、鼻筋が作る柔らかな影。次第に疲れを感じ、私は目線を天井へ逃がした。代金を彼の膝へ乗せ、黙って部屋を後にした。

外に出た途端、強烈な西日に目を射られて風景が白っぽくにじんだ。繁華街の喧噪《けんそう》に立ち尽くす。食材の入った袋を提げた買い物客。学校帰りの学生たち。あちこちの総菜屋から芳ばしい料理の香りが流れ出している。店先でいやらしく光る野菜たち。星を並べたようなショーウィンドーの装身具。金色の美酒、甘い煙草、花畑の絨毯。様々なものを踏みつけにした私たちの栄華。

息を吸って、ゆっくりと吐いた。どくどくとこめかみで血が鳴っている。それで、なにを買おう。次はなにをむさぼろう。街が夢から覚めたら、きっと私も崩れていく。痺れるような心地で、鞄の財布をまさぐった。

茄子とゴーヤ

足のうらに、細長い蛇のようなものが張りついた。

膝を曲げ、つちふまずをこちらへ向ける。ビニール包装されたおにぎりを開封する際、ぴーっと引っ張る紐状の部分がくっついていた。

よく見ると、台所の床には色々なものが落ちていた。水道代の請求書、ティッシュ、靴下、髪の毛。それらを踏まないよう、軽くつま先立ちになってゴミ箱へ向かう。ビニールの紐を、ひらっと捨てる。

だらしなくなった、と思う。一人になって、私はとてもだらしなくなった。自覚はしている。けれど掃除機を引っ張り出す気にはならない。掃除機、重いし。またひょいひょいと床のゴミを避け、敷きっぱなしの布団に寝転がる。

気がつくと、色んなことが出来なくなっていた。料理も、掃除も、洗濯も、毎日毎日、意識に残らないくらい機能的に片づけていたはずなのに、ずるずると後回しにした挙句なんらかの不具合が出てやっと腰を上げる、そんな感じになった。飲み物をこぼしたカーペットがべたついている。洗濯機の前には汚れた衣類が溜まっている。それでもまったく困らない。

一番出来なくなったのが食べることだった。なんにも食べたくない。八百屋や肉屋の店先で色んな食材を眺めても、なんにも食べたいと思わない。空腹を感じたら、コンビニのおにぎりと野菜ジュースで胃を満たした。食べたいから食べるのではなく、食べないとしんどいから食べる、という食事は、喜びよりもめんどくささが先に立つ。かといって、とんかつだったり、明太子スパゲッティだったり、幕の内弁当だったり、食の喜びを追求し、賑《にぎ》やかに舞い踊っている感じの料理は見ているだけで胸焼けがした。寝っ転がっておにぎりを頬ばり、ジュースを吸うだけで精一杯だった。長年あらゆるダイエットを試してなお落ちなかった体重が、あっというまに五キロ落ちた。

ろくに食べていなくても髪は伸びるし、白髪も目立つ。

首筋にうっとうしく張りつく毛先を一週間ほど我慢して、やっと出かける踏ん切りがついた。未開梱のまま、部屋の隅に積み上げてあった引っ越し業者のロゴ付きダンボール箱から、苦労して化粧道具を探し出す。

久しぶりに下地を塗り、粉をはたき、眉を引いて口紅を差した私の顔は、引っ越し前とまるで変わらなかった。髪が伸びているため、多少印象がぼやけた感はある。でも、私だ。厚ぼったい二重の目、低い団子鼻、左の口角にほくろが付いた唇。美人ではないが、苦労をするほど崩れているわけでもない。好きではないが、きらいでもない。化粧をしたことでかっちりと真面目そうに整っている。もう五十年近く、なにも考えずに鏡で対面してきた女の顔を眺め、ふと、妙な気分になった。

なにかが間違っている気がした。なんだろう、化粧だろうか。久しぶりすぎて手元が狂い、妙なところに妙なものを塗ったか。一つ一つ目で確認する。なにも間違っていない。正しい位置に、正しい色が置かれている。

それでも、なにかが違う。友人たちと遊びに行った際、一人だけ半袖だったり、長袖だったり、時季外れな服を着ていたときの気恥ずかしさに似ている。

こんな顔をしているのは、おかしい。

考えるのをやめ、鏡から離れた。たとえなにかが間違っていたとしても、シャンプーの際には美容師に間近で顔を見られるのに、すっぴんで行く勇気なんてない。このまま行こう。麦わら帽を被り、熱波の押し寄せる炎天下の町へさまよい出る。

目星をつけていた商店街の美容院はつぶれていた。薄灰色のシャッターの上、長年のご愛顧に感謝して、とお決まりの文句が青いサインペンで綴られた張り紙をぼんやりと眺める。

少し前まで営業していたはずなのに、なんてタイミングの悪い。

仕方ない、と人もまばらな商店街を歩き出した。化粧までして外に出たのだ。このまま帰るのも惜しい。洗剤だったり、トイレットペーパーだったり、足りないものはなかっただろうか。

木箱やダンボール箱にカゴ盛りの野菜をのせ、道幅の三割ぐらいまで商品を侵出させた八百屋に行き当たる。遠目からは、まるで横倒しにした箱からカラフルなおもちゃがこぼれ出したように見える。トマトの赤、ピーマンの緑、トウモロコシの黄色。夏の野菜は主張が強い。習慣的に店先で足を止めた。生野菜から立ち上る青くさい温気《うんき》に包まれる。

前は、キャベツだのマイタケだの大根だの、それほど癖の強くない野菜をよく買っていた。夫も娘たちも、舌にはっきりと味を残す野菜はあまり好きじゃなかった。好みに沿わないものは箸もつけずに残されるため、いつしか同じような野菜を買い、同じような料理を作るのが習慣になった。大根とわかめの味噌汁、ロールキャベツ、汁物にも炒め物にも満遍なく入り込むマイタケ。

今なら、なんでも買える。好きなものを買って、好きに料理すればいい。

それなのに、主張の強い野菜たちを前に、私は途方に暮れていた。自分がなにが食べたいのか、どれを選びたいのか、まったくぴんとこない。一番近くに置かれた、カゴに五本ずつ盛られた茄子を眺めた。深い色をしている。一目見た印象は黒なのに、見つめめているとだんだん、黒の中から冴えた紫がにじみ出す。

キャップを被り、首に手ぬぐいをかけた八百屋の店主が「なんにしましょう」と聞いてきた。私は首を振って、店を後にした。

やっぱり、とても暑い。

湿ったうなじに張り付く髪を払い、あるかなしかの風を通す。蟬が力強く鳴き続けている。サンダル越しに踏みしめたマンホールから、獰猛な熱気が立ち上っている。顔を上げた先に緑色の滝が見える。幅は五メートルはあるだろう、大きなグリーンカーテンだ。道路に面した建物の側面が植物で完全に覆われている。緑の葉陰にサインポールを見つけ、やっとその建物がお店だと気づく。くるくると回りながら上昇する、赤と青と白の三色。

床屋か、と少し考え、私は店の扉を押し開いた。ちりん、と控えめに鈴が鳴る。鏡へ向けられた理容椅子が二つ、奥まった位置にシャンプー台が一つ設置された、小さな店だった。理容椅子の片方には体に青いクロスを掛けた禿頭の老人が座っている。その後ろで背を屈め、細かに襟足を整えているのが店主だろう。私と同い年ぐらいで、白髪交じりの髪を短く整えている。目にほのかな暗さのある、気むずかしそうな男だ。むっつりと口を結んだまま横目に私を見て、なにも言わずに作業へ戻る。

あー。

感じが悪い。挨拶ぐらいしてもいいんじゃない？　胸がむかつき、すぐさま回れ右をして帰りたくなる。

ただ、この町で髪を切れそうな場所が他に思い当たらない。外は長く歩き回るのが辛いくらいの酷暑だ。私は迷いつつ、入り口のそばに設置された黒いビニール製の長椅子に腰を下ろした。マガジンラックには雑誌の他、ヘアカタログが差し込まれている。

期待はしていなかったものの、ラックには女性向けのヘアカタログが一冊だけ差し込まれていた。刊行月も新しい。意外に思いつつそれを引き抜き、ぱらぱらとページをめくる。涼しげなショートカットのサンプルを目で拾った。とりあえずこのうっとうしい髪だけ我慢してここで切ってもらい、あとはドラッグストアで適当な白髪染めを買って自宅で染めようか。

さっぱりと切った髪を、ムラのないダークブラウンで染めた自分を思い浮かべる。慣れた姿だ。いつもの私。

なぜか、いやだ。

もうそれは飽きたんだ。

禿頭の男性が、会計を済ませて店を出て行く。ありがとうございました、と平たい声でそれを見送り、店の主人がこちらを向いた。

「どうしますか」

私は膝の上のヘアカタログを彼の方へ向けた。

「こんな感じに切ってもらいたいんですけど」

仏頂面はぴくりとも動かない。

「あと、カラーも」

男はぶしつけな眼差しを私のつむじの辺りへ向け、浅く顎を引いた。

「茄子みたいな色にしてください」

「……ん？」

そこで初めて、男は私の目を見た。思いつきがつらつらと口に上る。

「茄子みたいな色。暗めで、でも光が当たると青紫に見えるような。出来ますか」

男は短く沈黙し、吐き捨てるように言った。

「茄子の色なんて、やったことないよ」

「そうですか」

「ちょっと失礼」

言って、男は私のつむじ周りの髪を一束、指ですくった。

「硬い、それに色が濃い。染まりにくい髪だ。暗い色は、一度色を抜いてから染めることになる。髪は傷むし、伸びて染め足すときも厄介《やっかい》だ」

そんなことも知らないんだろう？　と言わんばかりの口調に、だいたい次に言われることも見えた。いい年して馬鹿なことを言ってないで、普通の色にしておきなさいよ、だ。出来ないならいいです、とはっきり言って店を出よう。下腹に力を込める。しかし男は愛想のかけらもない重苦しい顔のまま、思いがけないことを言った。

「それでもやってみたいなら、カラー剤を取り寄せますよ」

「……やってくれるんですか」

「そりゃあ、こっちは商売だもの。やれと言われたらやるよ」

男は短く刈り上げた自分の後頭部を撫でながら、レジカウンターの裏から緑色のファイルを取り出した。ぱらりと開いて、なにかを確認する。

「ただ、入荷まで一週間かかるよ。それでもいい？」

「……いいです」

「じゃあ、今日はカットだけやる？」

「うん、それで」

はい、と返すのが癪《しゃく》だった。思ったより話は通じるのかもしれない。だけど、失礼な人であることには変わりない。せめて、男と同じくらい口調を崩すことにした。

「さっぱりして帰るわ」

あえて口に出す。男はなにも言わずに、新しいクロスを持ってきた。

カットはほんの十分ほどで終わった。頭がふっと軽くなり、耳や首筋に風が通る。どの方向から見てもバランスのいい、丸みを帯びたきれいなカットだった。レジで千五百円を払い、染料を入荷したら連絡をもらうため、スマホの番号を書いて渡す。

「そういえば、あれなに？」

店の隅に、なにやら緑色のものを詰め込んだバケツが置かれている。カットの最中から気になっていた。

「ゴーヤだよ」

「ゴーヤ？」

「あれ」

そう言って、男は窓を覆いつくすグリーンカーテンを指さした。

「毎日二、三本とれるんだけど、食べないから」

「……え、食べないのに、なんでゴーヤにしたの？」

「別に、流行ってるだろう」

流行りものとはいえ、ここまで大きく育てているところは珍しい。手をかけているだろうに、実《み》には無関心だなんて雑な話だ。

「食べるならあげるよ。いくらでも持って行って」

男はバケツを持ってきた。中には二十本近いゴーヤが無造作に詰め込まれていた。流通しているものより少し色は薄いが、十分に育った立派な実だ。

「じゃあ、いただきます」

ありがたく手を合わせ、大きめの実を二本バケツから引き抜いた。

「理容室のオウミさんって、たしか少し前に奥さんがいなくなったのよ」

そう言って、ユリちゃんは切り分けた桃の一片をフォークで刺し、ひょいっと口へ放り込んだ。あらおいし、ねえこれどこの、と嬉しそうに口を押さえる。私は桃を通販したサイトを答え、会話の流れを元に戻した。

「いなくなった？」

「よくある熟年離婚よ。娘さんが独立したのをきっかけに……だったかな。最近は多いわよね。おかげで、高齢者向けお一人様物件が売れる売れる」

「あれ、じゃあもしかしてここも？」

「ううん、ここは普通の一人か二人暮らし向け。高齢者向けだと、もっとバリアフリーにするから。段差なし、手すりあり、エレベーター完備、深夜でもボタン一つで駆けつけてくれる管理人付きとか。最近じゃ、最期にこの部屋で死ぬことも視野に入れて、みたいな相談もあるわよ」

「ふーん……病院じゃなくて、家で死ぬって人も多いんだ」

「一人暮らしの高齢者が臨終まで家で普段通りの生活することを支援する団体が、いくつかあるのよ。まあ、なんにせよ、工夫と発想の柔軟ささえあれば、一人で生きて一人で死ぬことは、この先それほど難しいことじゃなくなっていくと思うわ」

ユリちゃんは薄い唇を引いてにこりと笑う。まるで、私を励まそうとするように。もう七十代に差し掛かっているはずなのに、彼女の背筋はぴんと伸び、動作の一つ一つがみずみずしい。シニヨンにまとめられた栗色の髪や、左胸を飾る美しい七宝焼きのブローチから生きる覇気のようなものが放たれている。

きっと、二十歳年下の私より、ユリちゃんの方が遥かに充実した毎日を送っているのだろう。ぼんやりと、小学生並に爪を短く切りそろえた色の乏しい自分の手と、長めに整えた爪を濃いめのピンクで彩ったユリちゃんの手を見比べる。

三十年連れ添った夫が真夜中の高速道路でハンドル操作を誤って壁に激突し、助手席に乗せていた不倫相手と一緒に亡くなったのは、ほんの三ヶ月前のことだ。

葬儀を済ませ、手伝いに来ていた二人の娘がそれぞれの家庭に戻って、数日後。かつては四人で住んでいた家に一人、虚脱していた私はふと思いついて市役所へ向かい、姻族関係を終了させる手続きを行った。

すべてが終わるまで、誰にも相談しなかった。もうやったから、と結果だけ伝えたところ、私の実家と夫の家の双方から猛反発を受けた。たった一度の不倫で、アキラがかわいそうだと思わないの、ノアちゃんたちのことを考えなさい、初めから財産目当てだったんだろう、そんな自分勝手な性格だから旦那も愛想を尽かしたんだ！　娘たちは関わりたくないとばかりに沈黙し、困惑する親族たちの中で、味方をしてくれたのは伯母のユリちゃんだけだった。小さな不動産会社を営む彼女は、実母と義母から連日泣きの電話を受ける私を見かね、一時的な避難先として手ごろな空き物件まで紹介してくれた。

二口目の桃を頰ばり、ユリちゃんは悪戯っぽく肩をすくめた。

「まあ、よかったじゃない。不倫だって初めてじゃなかったんでしょう？」

「うん、三回目」

「ツグミはよく我慢したわよ。ノアちゃんもハルカちゃんも大人になったし、これからは自分のために生きなさいな。そんな、三回もあんたを裏切った男と一緒の墓に入る必要なんてないわ。縁切りして当然よ」

「うん……」

気がつくと、私はフォークを持つユリちゃんの指を眺めていた。きらきら光る、爪。きらきら光るブローチ。きらきら光る、髪と唇。

一欠片もきらきらしていない、私。

「ユリちゃん私ね、アキラさんのこと大好きだった。三回、ううん、もしかしたらもっと、正確な数すら分からないくらい裏切られて、それでもまだ好きだったの。アキラさんの声も、顔も、体も、おばあちゃん子で折り紙が得意なところも、嫌なことがあると夜中にいきなりカレーとか煮込み始めるところも、夜中でもコンビニに行きたいって言ったら付き合ってくれるところも、好きだった」

ユリちゃんはフォークを置き、静かに私を眺めている。胸がどきどきした。口が、止まらない。

「好きだから、私が持っているものはぜんぶあげたの。アキラさんだけじゃない。ノアにもハルカにもぜんぶあげた。毎日ごはんを作って、洗濯して、アイロンかけて、お弁当も作った。お米を研ぐから、ネイルは出来なかった。肉も魚も、三十年間ずっとはしっこしか食べてない。セックスもちゃんとしたよ。いい奥さんで、いいお母さんになろうとした。ぜんぶあげた。ほんとうに、全部」

「……馬鹿な子だねえ。そんなことで、浮気性が治るわけないじゃないか」

「うん、治らなかった。むしろどこかで加速した」

いつしかアキラさんは、私が世話を焼くのを避けるようになった。弁当を断り、シャツのアイロンも自分でかけた。やるよ、全然負担じゃないよ、と申し出ても、それくらい自分でできるよ、ツグミはゆっくりして、と微笑まれる。優しい夫。温厚な夫。いい人だよね、と友人の誰もが言った。結婚して十年が経つ頃には、一緒に家にいてもほとんど会話をしなくなった。それでも我の強い娘たちを育てるだけで、日々は忙しく過ぎていった。「出張」が増えたことにすら、私はなかなか気づかなかった。

一度、夜中に目が覚めて台所に行ったら、ガラス戸を一枚挟んだ洋間でアキラさんが電話をしている声が聞こえた。広告会社に勤めるアキラさんは、夜でも時々仕事の電話がかかってくる。だから、気にせず水を飲んだ。

「あの人は、幻の中で生きてるから」

笑い混じりの声にどきりとした。きっと職場に夢見がちな人がいるのだろう。私のことを言われたわけじゃない。そうわかっているのに胸が騒ぎ、急いで水を飲み干すと二階の寝室に上がった。

「アキラさんは、私から逃げたかったのかな」

アキラさんが他の女と死んだと知って、心によぎったのは怒りでも悲しみでもなく、「ああ、逃げちゃった」だった。小学生の頃、不注意で飼っていた文鳥を逃がしてしまった記憶がよみがえった。いつから私は家を鳥籠で囲んでいたのだろう。アキラさんの生も死も、私のものだと思っていた。

ユリちゃんは心なしか強ばった顔で私を見ている。少し私を、怖がっている。きっと、わからないのだ。私だって七十代まで仕事一筋で独身を貫いてきたユリちゃんの気持ちなんてわからない。

ちん、と皿に銀器が触れ合う小さな音を立てて、ユリちゃんはフォークを持ち直した。

濡れた桃の肌を刺し、口へ運ぶ。

「これから、どうするつもり？」

「とりあえず保険も下りたし、しばらくは大丈夫。あとは仕事を見つけて、なんとかやってくよ」

「困ったら相談しなさいね」

「うん……あ、そうだ。ユリちゃん、ゴーヤのおいしい食べ方って知らない？　オウミさんに二本もらってさ、一本は市販のゴーヤチャンプルーの素を買って炒めてみたんだけど、あんまりおいしくなかったの。残りの一本を持てあましてて」

「オウミさん、畑なんか持ってたかしら」

「ううん、お店の前のグリーンカーテン。せっかく実がたくさんなったのに、食べないんだって」

「ゴーヤねえ……ゴーヤ、ゴーヤ……前に居酒屋で、ナムルみたいな感じで出てきたのはおいしかったわよ」

「ナムルってことはごま油と塩かなあ。ありがとう」

「せっかく晴れて一人身になったのに、またぞろめんどくさそうな男と関わろうとする。いらないゴーヤなんか捨てちゃいなさいよ」

「もらった食べものは捨てられないの。わかるでしょう？　三十年も、お金と食材を無駄にしない、いい妻ごっこをやってきたんだよ？」

ユリちゃんは呆れたそぶりで首を振る。私は肩をすくめ、苦く笑った。

やんわりとカーブした細長い実の、丸く張りだした背中へ真っ直ぐに包丁を振り下ろす。軽い手応えを押し切ってそのまま一息に割り開くと、中には無数の平たい種と、ふわふわとした白いものが詰まっている。

ゴーヤは、一般的に外側のでこぼこした緑の部分だけを食べる。大きめのスプーンで内部のふわふわを種ごとこそげ取り、残った部分を二ミリほどの薄さで半月切りにしていく。切り終わったら沸かしたお湯に十秒ほど入れて、歯ごたえがあるうちに引き上げ、冷水にさらす。

塩をふり、ごま油を絡め、一かけら指でつまんで口へ入れた。ごま油の平たい風味の奥から、青く涼しい苦みがじわりと持ち上がり、塩気と絡んでほどけていく。

「ナムルにしたら、おいしかったよ」

翌日、ドラッグストアに向かうついでに足を伸ばし、店の前のグリーンカーテンに如《じょ》雨《う》露《ろ》で水をやっていたオウミさんに声をかけた。

「半分に割って、種を取って、薄切りにして、軽く茹でて、最後に塩とごま油をまぶすの。かんたん」

貰いものをうまく片付けられたことに満足しながら言うと、相変わらず重苦しい表情をしたオウミさんは店へ入り、「もっと持って行きな」と更に三本のゴーヤを差し出した。

「自分で食べなよ」

「料理はめんどくさいんだ」

「でも、とってすぐ捨てるわけじゃないってことは、もったいないって思ってるんでしょう？」

「それは時々あなたみたいに食べるって人がいるから、一応とってあるだけだよ」

子供みたい、とげんなりする。食べものを無駄にしてはいけません、なんて小学校で教わるぐらい当たり前のことだろう。それなのに自分はこうだ、なにも間違っていない、と主張してはばからず、他人の意見を入れる素振りすら見せない。だから奥さんに逃げられるんだ。

「あんまりさ、自分はこういうものだなんてこだわりは持たない方がいいよ？　年なんて、とればとるほど頑固になるんだから」

「はっは」

軽く笑って、オウミさんは店に入っていった。

私はもらったゴーヤで、天ぷらと、スパムと卵を入れた炒め物と、塩昆布を使ったシンプルなゴーヤチャンプルーを作った。塩昆布のゴーヤチャンプルーは沖縄出身だというクリーニング屋の奥さんに教わった。台所に食材が増えていく。

ベランダで洗濯物を干していると、同じアパートの下の階に住んでいるらしい子供の声がよく聞こえた。

「あんぱ」

「わんわ」

「にゃんにゃ」

「あいしゅ」

「ぷいん」

舌足らずな発音で、一つずつ言葉を覚えている。自分の好きなものから順番に。私の好きなもの。思えども、頭の中には白っぽい砂漠が広がるばかりだ。きっと階下に住むあの子供よりも、私は「自分の好きなもの」が少ない。強いて言うなら私が差し出すことで、アキラさんや娘たちが喜ぶ姿を見るのが好きだった。彼らが喜べば、自分も喜んでいる気分になれた。自分の欲のなさをとても美しいもののように思っていた。そもそも私が与えたものが、本当に彼らが望んでいたものだったという確証はないのに。いらないもの、誰も欲しがらないものが家中にあふれ、ぐるぐると回っていただけかもしれないのに。

砂は厚く厚く降り積もり、最後にはなにも見えなくなった。

洗濯物がはためいている。床に座り、明るいベランダへ向けて足を投げ出した。素足がコンクリートの地面に触れる。柔らかい砂にかかとが埋もれる、幻。

「ぷいん」

子供の声を真似てみる。今日はプリンを買ってみよう。そういえば何年も食べていなかった。

スマホに知らない番号から着信が入っていた。留守番電話機能に残されたメッセージを再生する。

「オウミ理容室です、ご注文の品が到着しました」

電話でのしゃべり方はずいぶん丁寧なんだな、とおかしくなる。


濡れている間は、染まったと言われても正直よく分からなかった。ドライヤーで根本からかき混ぜるように乾かされていくうちに、あれ、と思わず目を見張った。なにかが違う。毛先がほんのり紫色になっただけなのに、鏡の中の女がいつもより蓮っ葉に見える。明るくて冷たい、新しい女だ。

「茄子色なんてどうかと思ったけど、全体的なトーンが黒に近いから浮いた印象はないね。やってみるものだなあ」

オウミさんがなにか言っているけど、聞こえない。唐突に、新しいイアリングが欲しくなった。この髪の色によく似合う、パールとゴールドのイアリング。服も新調しよう。派手な柄物のワンピースを探そう。この女は、きっとそういう格好をしたがるはずだ。

レジの前で、ようやくオウミさんと顔を合わせた。

「ありがとうございます。すごく素敵」

「いやいや、あなたの発想勝ちでしょう。茄子色なんてよく思いついたよ」

「まるで別人になったみたい」

はは、とオウミさんは肩をすくめて笑った。ずいぶん機嫌がいい。

「髪の色を変えたぐらいで人が変わるもんか」

いつもなら腹が立つところだけど、今日はこんな意地の悪い物言いにもなんとも思わない。オウミさんとの付き合い方のコツがわかった気がする。ひねくれた物言いを、いちいち真に受けてはいけないのだ。

レジ横には「ご自由にお持ち下さい」と張り紙を貼ったバケツが置いてあった。いる？　と聞かれ、いる、と反射的に頷く。ふわふわとした気分のまま、お会計をして店を出た。

ゴーヤを三本入れたビニール袋を手に、商店街を見て回った。魚屋、花屋、総菜屋。厚手のトイレットペーパー、花模様のキルト、大きな熊手。目に映るすべてがきらきらと光り、いつもよりずっとチャーミングに見える。牛肉コロッケを買った。薄紅色のみょうがを買った。美容液とカット綿とちり取りを買った。両手が荷物でいっぱいになる頃、膝にごつごつしたものが当たり、ゴーヤの存在を思い出した。

なにか、作ってあげようか。

それは星をつかむような思いつきだった。これだけ綺麗に染めてもらったのだ。お礼をしたって不自然じゃない。簡単ですぐに出来る、とてもおいしいゴーヤ料理を作って渡そう。オウミさんはどんな顔をするだろう。奥さんが出て行って、きっと手作り料理がなつかしいはずだ。それをきっかけに、自炊の楽しさに目覚めるかもしれない。

わくわくしながら明日の朝食を探して手近なパン屋に入る。レジに入っていた赤いエプロンの女の子が、らっしゃいせえ、とあやふやな挨拶を投げてきた。もう閉店間際で、ほとんどのパンが百円に値引きされている。目を迷わせていると、視線を感じた。

「お客さんむらさき超かっこいー」

レジの女の子が、にこにこしながらこちらを見ていた。笑うと唇の端から愛嬌のある八重歯がのぞく。二十歳前後だろうか。その子は髪を緑がかったオリーブ色に染めていた。長さはおそらくセミロングぐらいで、今はうなじでひとまとめにしている。

「ありがとう！」

「いいなあ、どこでやったの？」

「そこのオウミさんだよ。オウミ理容室」

「え、あんなオジサンばかり行ってるところで、そんな風に染めてくれるんだ」

「初めはあっちの美容院に行こうと思ったんだけど」

「あー、ツルマキさんね。あそこのおばあちゃん腰悪くしちゃったから。私もそれで、これ染めるのに隣町まで行ったんだよ。でも、オウミさんでやってくれるんだ。へー」

枝豆チーズパンにそそられたものの、結局あんぱんとカレーパンをトングで挟んでトレイに乗せた。ついオーソドックスなものばかり選んでしまう。どうもー、と女の子は笑顔でパンを受け取り、手際よく小さな紙袋に詰めていった。

「そういえば、オウミさんの奥さんって戻ってきてた？」

「え、いや、見なかったけど」

「そっかー。うちの常連さんだったんだ」

「出て行っちゃったんだよね？」

「うん、なんか、犬飼いたいとかなんとか」

「犬？」

「オウミさんのところって、住居とお店がくっついてるから。オウミ家は、オウミさんのお父さんの代から動物を飼うのは反対なんだって。でも奥さんはずっと犬を飼ってみたくて、このままだと一生飼えないことに気づいて、ある日ぱっと出て行っちゃったの」

「変わった夫婦だね」

「なんか、オウミさんのお父さんが亡くなっても、オウミさんが全然変わらなかったから、だめだこりゃってなったみたい」

「あはは、よくある感じね」

よくある、と舌で転がして、うっすらと眉間にしわが寄った。不倫の末の離婚も、よくある。死後離婚もよくある。価値観の違いからくる離婚もよくある。よくある、は、だから陳腐だ、という意味ではない。むしろ内側に秘めた問題が厄介で解決が難しいからこそ、よくある、になるのだ。みんなが落ちる落とし穴になる。

「それからだよ。オウミさんがグリーンカーテン始めたの。なんだか偉いよねえ。ぜんぜんマメなタイプには見えないのに、ちゃんと肥料も上げて、朝と夜に水あげて面倒みてる」

「え、どういうこと？」

「だから、犬は飼えないけど、代わりに他のものを一緒に育てていこうってことでしょ。オウミさんさみしそうだし、早く気持ちが通じて奥さんが帰ってきてくれるといいね」

「うーん……」

いやいやいやいや、犬飼いたいって言ってるじゃん。奥さんはゴーヤとかどうでもいいんだよ。オウミさんはなにも変わってないよ。それを、なんか不器用な男の譲歩みたいに美化するのやめようよ。

女の子は楽しそうに笑っている。喉を迫り上がった言葉をしばらく舌でもてあそび、飲み下した。オウミさんは本当に奥さんへのアピールとしてグリーンカーテンを育てているのだろうか。だとしたら、なんの意味もないことだ。いらないものを押しつけて、なにかを成し遂げたつもりになること。私はそういう、よくある穴を知っている。そして、悪循環の先にあるつまらない砂漠も。

そこまで考えて、いやになる。訳知り顔で他人を責めて、さっき私はなにを考えていた？　ゴーヤ料理をオウミさんに渡す？

また同じことを繰り返すところだった。これではどんなにだめなオウミさんも、笑えない。

暗い気分で家に帰り、ゴーヤを台所の流しに並べた。冴えた薄緑色が、ほんのりと眩しい。

包丁をとり、半分に割って、スプーンで中の種を掻き出した。薄く切って熱湯にくぐらせ、刻んだみょうがと混ぜ合わせる。最後に冷蔵庫に残っていた塩昆布を一つかみ入れて、ぐるぐると掻き混ぜた。

思いつくまま手を動かして、出来上がった和え物はとてもおいしかった。塩昆布の甘みと、みょうがの涼気と、ゴーヤの風味が深く絡み合い、完全な調和を果たしていた。

こんなにおいしいのに、こんなにすばらしいのに、いらない人に押しつけて無意味にしてしまうところだった。ゴーヤに悪い。すごく、悪い。ビールを開けて、一人でしゃくしゃくと頰ばった。おいしくて、好きで、ただそれだけの理由で食べ続ける。砂粒一つ落ちてこない、清潔でこころぼそい幸せだった。こころぼそいくらいの方が、野菜の味がよくわかった。


清々しく冷えた風が、町の其処此処に残る夏の余熱を洗い流していく。商店街を歩いていたら、店の前でオウミさんに会った。今日は休みなのか、ポロシャツに短パンを合わせた楽な格好で、茶色くしなびたゴーヤのプランターを片付けていた。

「こんにちは」

「あれ、その後どう？ 色は落ち着いた？」

「少し紫っぽさが増したかなあ」

「やっぱり多少は明るくなるか。でも傷みもないし、いい感じじゃない」

後頭部の髪をつまんで、離される。軽い感触が頭皮に伝わる。

「なんだか最近、髪を染めてくれって女のお客さんが増えたんだけど、あなたの知り合い？」

「ああ、そうかも。パン屋のマイマイちゃんに、オウミさんのところで染めたって言ったよ」

「それはどうも。カラーなんて本当は専門外なんだけどね。ツルマキさんもいなくなっちゃったし、カラー剤の種類を増やすことにしたんだ。紫に飽きたらまた来てね」

「はーい」

髪の色を変えても人間は変わらない。そう言ったのはオウミさんだ。妻に出て行かれたって、夫に不倫されたって、人間は変わらない。

「そういえば、この前もらったゴーヤ、みょうがと塩昆布であえたらめちゃくちゃおいしかったよ」

「ふーん」

「苦いのと、さっぱりと、しゃきしゃきした歯ごたえが合わさって、ビールのお供に最高だった。ごちそうさまでした」

ふーん、とオウミさんはまた平たい相槌をうった。会釈して通り過ぎる。すると、背中から声をかけられた。

「なんだっけ、もう一回言って。みょうがと塩昆布をどうするって?」

思わず足を止めて振り返った。オウミさんは面白くもなんともなさそうな顔でこちらを見ている。

ふと、脇に寄せられたプランターが目に入った。

「来年また作ったら教えてあげるよ」

「なんだよ、めんどくさいな」

「ガーデニング、楽しくなかった？」

オウミさんはしばらく考え込み、大きな手でぽん、とプランターのふちを叩いた。

「まあ、冷房代の節約にはなるかな」

新しいご近所さんは、相変わらず嘘っぽいことばかり言う。私は笑って、夕飯の買い出しに戻った。

山の同窓会

同窓会の前日になってもまだ、私は出欠の連絡を入れられずにいた。

「クラスでまだ一回も卵を作ってないのは、ニウラを入れて三人だって」

そう、連絡を回してくれたコトちゃんが世間話のはずみで口を滑らせた。自分にとって居心地の悪い会になることは初めから分かっていた。

それでもすぐに断らなかったのは、クラスの半数近くの女の子たちがもう三回目の妊娠を果たし、お腹に卵を抱えていたからだ。そんな優等生の一群には、一番仲の良かったコトちゃんも含まれている。三回の産卵を果たした女は大抵力尽きて死んでしまう。これが、彼女らにお別れを言える最後の機会になるかもしれない。

迷った末、幹事に詫びながら連絡を入れ、翌日私は仕事帰りに町の中心部に位置する広場へ向かった。ここでは軒を連ねた飲食店が店の外にたくさんのテーブルセットを並べていて、いつ来てもあちこちで賑やかな酒宴が催されている。酒と、焼いた魚介と、香辛料をたっぷり入れたスープの匂いが入り交じる幸福な一帯を泳ぐように進み、指定された店の看板を目指した。すると、ほどなくして二十人ほどのそれらしき集団が談笑しているテーブルを見つけた。

トイレにでも行くのか、タイミング良く一人の男が席を立ち、こちらの方角へ歩いてくる。赤ら顔に微笑みを残した男は、ふと、吸い寄せられるように私を見た。楽しい会話の余韻にたゆたっていた眼差しがみるみる醒め、驚きに染まって見開かれる。私は男へ歩み寄った。

男は、もうだいぶ老いている。目は細かなしわに埋もれ、髪はまばらで、肌の光沢も失われている。ただ、それでも整った目鼻のバランスは見て取れて、遺伝子が強そうだなとまず思う。きっとたくさんの女にアピールされ、たくさんの精を差し出したのだろう。だからこんなに早く消耗し、早く命を終えようとしている。男はぱちぱちと目をしばたたかせ、はあ？　と素っ頓狂な声を上げた。

「え、ニウラ？　もしかしてニウラか？」

「うん、そう」

私はまだ男の名前が思い出せない。なにしろ容姿が変わりすぎている。男は大きく息を吐き、動揺を晴らすようにぴしゃっと平手で自分の腿を叩いた。見覚えのある仕草だ。そこでようやく、一つの名前が浮かぶ。

「イトダくん？」

「よく分かったなー」

男は目を細めて少し笑う。ひょうきんで明るく、魚釣りがうまくて人気者だった男子だ。授業で釣り上げた魚の腹を小刀で手際よく割いていくイトダくんの鼻歌が、心地よいものとして記憶に残っている。灰色の浜、明るい日差し、水っぽく甘い話し声。開いた魚は火で炙って食べた。みんな子供だった。柔らかい皮膚をしていた。

「本当に変わらないんだな。びっくりだ」

「うん」

「あっち行っておいでよ。みんないるから」

頷いて、イトダくんの横を通り抜ける。すれ違いざまに手首をつかまれ、足を止めた。

「やっぱり待って、向こうだと聞きにくいし。なあ、なんで産まないの？　どっか悪いの？」

イトダくんの声にいやな響きはまるでなかった。ただ単純に、不思議なこととして問いかけている。私はうまく答えられず、あいまいに笑って手をほどき、賑やかなテーブルへ向かった。

クラスメイトの反応も、多かれ少なかれイトダくんと同じだった。みんな目を丸くして、数秒言葉をなくし、それからいそいそと私の席を作ってくれた。わざわざコトちゃんの隣を空けてくれたのは、とりあえず話しやすそうな相手の近くに、と気を遣ってくれたのだろう。

誰も彼も、風貌が十年前とはまるで変わっている。皮膚が乾き、瞳は透き通って、全体的に肉が薄くなった。女は体のやつれ具合の他、髪の色でもなんとなく産卵の回数が判別できる。一回目なら髪は栗色、二回目なら金に近くなり、三回目を身ごもっているとなると耳や頭皮が透けて見えるほど色が抜け、撫でるだけで毛先からぼろぼろと崩れていく。男は、女に比べれば変化はなだらかだが、イトダくんと同じくみな確かに老いている。イトダくんと同じくらい衰弱した人もいれば、まだ髪が多く残る人もいる。ただ、テーブルを囲むメンツの中で、子供の頃と変わらない黒い髪を保っているのは私だけだった。

「ニウラ、久しぶり」

笑いかけるコトちゃんの髪は蜂蜜みたいに透き通り、もともとは腰に届いていた長さも耳たぶまで短くなっていた。ぽてりと厚い唇から、ほのかな土の匂いがする。体のどこかで腐敗が始まっていることを示す、甘くて苦い匂い。私もにこりと笑い返した。

「お腹の卵は順調？」

「うん、はちきれそうなくらい元気。来月には産まれそう」

「コトちゃん、きれいだよ」

真実、コトちゃんは美しかった。コトちゃんだけじゃない。テーブルを囲むクラスメイトの中でも、より衰弱の進んだ人、より山に還る日が近い人ほど美しく見える。コトちゃんは照れくさそうに肩をすくめ、ありがとう、と小さく言った。

町長補佐として腕を振るっているクラスの中心的な男子の盛り上げ話に相づちを打つうちに時間が経った。私も彼と同じ町役場で働いていて、知人が被ることもあり、水を向けられれば笑顔で応じた。仕事の話、生活の話、これまでに産んだ子供たちとそれを育てる乳母たちのちょっとした笑い話。次々と運ばれる料理の話で場はほどほどに温まり、なめらかなやりとりが続いていく。ただ、私が加わる前はもっと率直にそれぞれの容姿や交尾、産卵にまつわる話が飛び交っていたのだろうと思うと少し申し訳ない。

酒を一杯飲み干すぐらいの時間が経った頃、少しのざわめきとともに、私と同じ真っ黒な髪をした女子がひょっこりと顔を出した。容姿が変わっていないのですぐに分かる。スガさんだ。いつもむっつりと黙り込んでいて、たまに口を開いたかと思えば辛辣なことばかり言う強面の学級委員。コトちゃんが言っていた、私を含めた一度も卵を作っていない三人のうちの一人だ。スガさんは勧められた椅子に着き、少し間を置いて屈託のない笑顔を見せた。

「みんな聞いて！　私、乳母だったの。やっと自分のやりたいことが分かった」

一拍置いて、わ、とテーブルが沸き立った。おめでとう、そうだったんだ、だから産まなかったんだね、おめでとう、私たちの卵もよろしくね。

乳母とは、大体一クラスに一人ぐらいの確率で生まれる卵の世話係のことだ。産卵に疲弊《ひへい》する母親からその世話を引き継ぎ、卵を孵し、乳を与え、育ってからは給餌をする。産むことではなく育てることを主に担うため、卵を産みたいという衝動がないらしい。その人が乳母であるサインは、お腹に六つ並んだ突起物から子供らに与える乳が分泌されることだと聞くが、詳しくはよく分からないし、あまり聞くのもためらわれる。ただ、とても珍しくてとても貴重な、特別な人だ。

スガさんは私とは反対に、大きな親しみを持って場に迎えられた。それまで遠慮されていた流れが一気にあふれ出すように、それぞれが自分の交尾について、産卵について、楽しそうに語り出す。良かった、嬉しかった、辛かった、やりがいがあった、生きてるって気がした。私は皿に残っていた料理を小さく切り分け、ゆっくりと時間をかけて口に運んだ。

幸せな歓談が山を越え、ぱらぱらとスガさんから私へ流れたクラスメイトの眼は、親しみのこもった期待で輝いていた。

「ニウラも、乳母なのかもしれない」

「そうだよ、きっとそう。卵をニウラに見てもらえるんだったらいいなあ。落ち着いたいい子に育ちそう」

「あはは、そうかな。どうだろうね」

「分泌物はないの？　お乳はふくらまない？」

「それより聞いた話なんだけど、ニウラさあ、緑貝ばかり食べてるとかない？　なんかね、食べ過ぎると貝の毒素が体に溜まって発情しづらくなるんだって。友達に聞いてからずっと、ニウラもこれかなあって気になってってさ」

「いや、乳も膨らまないし、貝も、白も赤も黒もなんでも食べるから、緑だけってことはないよ」

でも、ありがとう、とにこやかな微笑みを返す。心配してくれてありがとう。気にかけてくれてありがとう。それとも、私を仲間に入れようとしてくれてありがとう、だろうか。

コトちゃんが唐突に、そう言えばヒズミノさんもバンシュウくんも来てないね、と口を挟んだ。私を助けてくれたのだろう。周囲の何人かがああ、と目を見かわし、口を開く。

「ヒズミノは確か、先々月かな？　もう三回産み終わって山に還ったよ。バンシュウは……」

事情を知る数人が顔を曇らせ、一様に苦いため息をついた。

「漁の最中に金ビレに襲われて、食われたって」

「バンシュウくん、まだまだ元気だったのに。もったいないよね」

そうかあ、とコトちゃんは肩を落とした。私たちは生活の糧の半分を山から、残り半分は海から得ている。しかし、海には私たちを主食とする恐ろしい怪物がいる。金色の背びれを持つ大型の肉食魚だ。他のクラスメイトがそういえば、と何気なく言った。

「ニワくんは？　誰か聞いてない？」

「さあ」

「でも、あの人は、ほら」

ちらりと数人の視線が私の方へと揺らぎ、しかしそんなことはなかったように会話が続けられた。私はニワくんの姿を思い出す。少し小太りで、気弱で、大柄な男の子だ。名字が同じニから始まるので学生番号が近く、私はよく彼とペアになって行動させられた。授業も、漁も、穴掘りも。

「ニワくんの家って、ここから近いよね。私、帰りにちょっと寄ってみようかな」

コトちゃんも他のクラスメイトも、驚いた様子で目を見張った。私はへらへらと笑って肩をすくめる。

「ほら、ニウラとニワでしょっちゅう組まされたから、顔だけ見に。病気とかで一人で倒れてたらかわいそうだし」

それ以外の意図はないのだ、と口調の軽さで伝える。すると町長補佐の男子が紙皿にたくさんの食べ物を盛り合わせ、もう一枚の皿を被せて袋に包み、持ち運べるようにしたものを私に渡した。

「じゃあ、よろしく伝えてくれな」

「うん」

夜が更けて、次第にテーブルを離れる人も出始めた。別れ際に抱擁している人もいる。私も最後にコトちゃんと抱き合った。お腹を圧しないよう慎重に、私よりも一回り小さな背中へ腕を回し、朽ちていく体を撫でていたわる。コトちゃんは思ったより強い力で私を抱き返した。

「じゃあね」

「うん」

「またいつか」

「山で会おう」

子供の頃、コトちゃんと一緒に砂浜で遊ぶのが好きだった。濡れて光る重たい砂に指を突き入れ、ぐねぐねと力強く蛇行させて変な模様をたくさん描いた。疲れたら二人で並んで眠った。私たちみたいな二人組はこの世にたくさんいて、これからもたくさん生まれるのだろう。ばいばい、とコトちゃんと、まだ残るクラスメイトに手を振って、私はテーブルを離れた。

ニワくんが住むアパートは町の外れ、海の近くにあった。私はクラスメイトの家のほとんどを把握している。日頃から、地図だったり住人のリストだったりを見比べることの多い仕事をしているからだ。記憶をたどり、一階の角部屋の扉を叩いた。

「ニワくん、ニウラだよ。ちょっといい？」

呼びかけても、物音一つ返らない。試しにドアノブをつかんで回してみる。すると、扉はなんの抵抗もなく、かちゃりと小さな音を立てて開いた。手前に引き、入るよ、と薄暗い廊下へ呼びかける。

布団の敷かれた和室に足を踏み入れると、そこにはごつごつとした、ベージュの、やたらと大きなものがいた。照明はついていないが、窓から月明かりが差しているので、辛うじてその輪郭が見て取れる。体の高さは天井ぎりぎりで、部屋の奥に向かって細長く伸びている。そして、息をしている。呼吸のたび大きなものは一回りふくらみ、山脈のような骨を盛り上げてなめらかな表面に陰影を刻んだ。私の体積の五倍はあるだろう。ベージュの表面は、私の肌とよく似ている。見たことのない、大きな大きな生き物。

いや、見たことがない、というのは誤りだ。私はこの生き物を知っている。私たちみんな、授業でこの存在を学ぶ。教科書にもちゃんと姿が描かれていた。はグロテスクだが、とても特別でとても大切な、乳母よりもなお珍しい、私たちの町を守る尊い人。

大きなものは重たげに体を揺らし、奥に横たえていた長い部分を持ち上げて先端をこちらに向けた。

そこには、頭部があった。人間に似た、でも、人間にしては顔の中央が前方に突出し、左右に大きく裂けた口から獰猛な歯をのぞかせた顔がこちらを見た。黒いたてがみが頭頂からうなじを覆い、ぬるりと伸びた太い首が頭部と巨大な胴体をつないでいる。

黙ってこちらを見つめる異形の、八の字を描く眉毛の形に見覚えがあった。

「ニワくん？」

大きなものは口を開いた。ごおろ、ごおろ、と低いうなり声をあげる。

「海獣になったの？」

「ぞお」

ニワくんはへしゃげた鐘を打ち鳴らすような歪んだ声で答えた。声帯が変形し、しゃべりにくいのだろう。ごおろ、ごおろ、とまた不快げに喉を鳴らす。

「じうあ、いざいぶい」

「うん、久しぶり」

私たちは黙って見つめあった。ニワくんは岩のような静けさでそこにいる。顔の造作が大きく変わってしまったため、私はニワくんが何を思っているのか、快なのか不快なのか、喜んでいるのか悲しんでいるのか、かけらも感じ取ることができなかった。

「海獣になって、嬉しい？」

ニワくんは時間をおいて、わずかに頭をななめにした。

「あじえああ」

「初めから？」

「あじえああ、いっと、ぼくあ、かいじゅうあっあ」

海獣になったわけではない、きっと初めからそうだった、とニワくんは言っていた。子供の頃は特徴が表に出ないだけで、乳母も、海獣も、自分と周囲の大多数の子との間になんらかの違和感を持って大きくなるものなのかもしれない。

「私も海獣になりたかった」

ニワくんはまた岩のように黙った。私は続ける。

「ああ、そういうことだったのかって納得したい」

同窓会の席では誰にも、コトちゃんにすら言えなかったことが、ニワくんの前では言えてしまった。私は手に提げたお土産の包みを持ち上げた。袋から紙皿で挟まれた料理を取り出し、ニワくんに示す。ニワくんは興味なさそうに料理の匂いをかいだ。

「いい人たちだよ。それなのに、一緒にいるとつらいんだ」

なにかを言おうとして、唾液が絡まったのか、ニワくんは苦しげに喉を鳴らした。

「あだ、じうあ、なまえ、ない」

「よくわかんない、なに？」

「かいじゅう」

「海獣？」

ベージュ色の巨体がぶるりと震えた。あ、あ、あ、あ、と発作めいた痙攣に合わせて苦しげな声が刻まれる。やがて奇妙な衝動が過ぎ、ニワくんはぎこちなく体を反転させた。

「いがなきゃ」

「どこへ？」

「とおぐ」

「遠く」

「とおぐ」

四足でのっそりと動き出し、鼻先で玄関の扉を押し開ける。私もそのあとを追いかけた。

道を這い進むニワくんを見た人は足を止め、神妙な面持ちで手を合わせた。海獣の行く手を遮ってはいけないし、話しかけてもいけないと町の掟で決まっている。代わりにみんな、私のように彼のあとについて歩き始める。海までのほんの短い距離を進んだだけで、ちょっとした行列が出来上がった。誰も彼も口を結んだ真面目な顔をしているけれど、頬のゆるみや目の動きに昂揚がにじみ出ている。

月明かりを浴びた銀色の浜は人影もなく静まりかえっていた。海は黒い。陸との断絶を示すよう、ただただ黒く、なにも見えない。連なる波頭が時折ガラス片のようにぎらりと光った。ニワくんは波打ち際で足を止め、じっと真夜中の海を見つめた。私も、他の人たちも、彼のそばで時を待つ。

あ、あ、あ、といびつに刻まれた声が砂浜に広がった。ニワくんは見開いた両目からぼろぼろと涙をこぼし、小刻みに体を震わせる。そして、私を振り返った。

「ぐる」

「え？」

「ぐる、はなれで、こわい、いがなきゃ」

いがなきゃ、とニワくんはもう一度呟き、泣きながら迷いのない足取りで海へ入った。ベージュの背中がとぷりと闇に飲まれて、数秒後。

数メートル先の海面で、真っ白い水柱が立った。とても大きな二つのものがぐるぐると互いを追って回転しながら体をぶつけ合っている。派手な水音の合間にうなじの毛が逆立つような恐ろしい咆哮が響く。私たちは喚声を上げた。がんばれ、がんばれ、殺せ、殺せ！　殺せ！　腹の底で本能が沸き立ち、爆発しそうな興奮が喉を震わせた。殺せ、殺せ、殺せ、殺せ！　ベージュ色の巨体が、真っ黒い巨体に食らいついている。黒い巨体の背には、おぞましく輝く金色の背びれが見える。バン、と金ビレの尾が海面を叩き、白いカーテンのような水煙が上がった。二つの体が、闇へ沈む。

十を数える頃、海面が乱れた。静寂を突き破ったのは苦痛を訴えるニワくんの悲鳴だった。星の少ない暗い空へと、高く高く響き渡る。身をよじるニワくんの全身は血に染まり、金ビレに喉を食いつかれていた。見ている私たちの体も恐怖に凍る。ぎいいいいっ！　鼓膜を切り裂く叫び声に、背を叩かれたように声が出た。

「ニワくん逃げて！」

ニワくんは逃げなかった。血まみれの体をねじり、金ビレの牙を逃れるとすぐさまそのとがった鼻先にかじり付いた。金ビレの尾が苦しげに海面を叩き、続いてニワくんの体を鋭く打った。ぐらりとニワくんの体が傾ぐ。

とどめを刺そうと金ビレが身を躍らせた次の瞬間、稲妻の速さで別のベージュ色の生き物が金ビレの脇腹へ突進した。鈍い衝撃音に続き、金ビレの巨体が吹き飛ばされる。別の海獣が来てくれたのだ。金ビレとその海獣が揉み合う間に、ニワくんはゆるゆると泳いで沖へと去った。

腹を横にした金ビレが海面へ浮き上がった。勝利した海獣は頭でそれを波打ち際へと押しやり、また闇の海へと消える。人々は死んだ金ビレの体を引き上げ、機嫌よく水産局に使いを出した。金ビレの体は余さず解体され、私たちの服や家や生活用品を作る材料になる。

「いい海獣様だったけど、あれはもう無理だろうなあ。血の匂いで、別の金ビレが集まってくるよ」

黒い海を呆然と眺める私に、そばにいた人が残念そうに言った。私は否定も肯定も出来ず、曖昧に首を揺らした。

翌週、私の職場の机にはいつも通り、今週中に片づけなければならない家屋の一覧が届けられていた。先週町から消えた人間は三十四名。男女を合わせた産卵関連死が十七名（射精の最中に死亡した男性、産卵後に亡くなった女性が特に多い。運の悪い人は一回目や二回目の産卵でも亡くなっている。交尾と産卵はその危険性において、金ビレがうようよいる海に飛び込むようなものだと思う。そんなことを言ったら、なんて不謹慎な奴だと舌打ちされそうだけど）、外敵に捕食されたのが十一名、肉体の老化に伴う衰弱死が三名（平均寿命の二十代半ばが多いけれど、中には十代で亡くなった人もいる。よっぽど交尾の相手に恵まれたのだろうか。三十歳に届く人はほぼいない。一年に一人いるかいないかだ。私ももうすぐ死ぬ。おそらくは一つの卵も残すことなく）、そして突然の失踪が三名。

失踪者のなかには、ニワくんの名前があった。上司が記入する担当者欄には、ニウラ、私はいつも通り提携している片付け業者に連絡を入れ、ニワくんが住んでいたアパートへ向かった。再利用できるものと山に捨てるものを分別し、作業員を監督して運び出す。ニワくんの部屋の床は鋭い爪で掻きむしったように全体がささくれ立っていた。寝具も、家具も、あらゆるものが傷つけられ、引き裂かれていて、なかなか再利用できるものが見つからない。あの夜の前にもたびたび海に潜っていたのか、台所には生の魚が積み上げられ、薄く腐臭を発していた。

「こりゃあひどい。床は張り直し、家具も総入れ替えだ。一体どんな馬鹿がここに住んでたんです？」

「海獣様だよ」

なじみの作業員は、ひえっと妙な声を上げて背筋を伸ばした。ほんとですか、すいませんね、まだ海獣様の家に当たったことがなかったもんで、ああそうなんですか、これが……。ぶつぶつと言い訳じみたことを呟き、彼は道でニワくんに会った人がそうしたように、神妙な顔でがらんどうの部屋に向けて手を合わせた。私も、知らない海獣様に道で会ったならそうしただろう。だけどなぜか、ニワくんやニワくんの家には、手を合わせる気にならなかった。

唐突に、覚えておかなきゃいけない、と思った。この部屋はすぐに片づけられてしまう。毎日毎日たくさん死ぬ。私も長くは生きられない。だから、残しておかなければすぐにわからなくなってしまう。

私は持っていた書類を裏返し、白い面に部屋の内部をスケッチした。床の傷も、内装の荒れ具合も、台所の魚もすべて描き込む。覚えている限りのニワくんの姿と、子供の頃の彼の姿、海獣になった彼の声がどんなものだったか。なにを話したか、海に臨んだ彼が泣いていたこと、戦いぶり。すべてを書けるだけ書き出した。

もういいですか、と呼びかけられ、ようやく我に返った。廊下の真ん中で作業の邪魔になっていたにもかかわらず、気づかって待っていてくれたらしい。礼を言って廊下から部屋の隅へ移動し、片づけの再開を見守る。

「やっぱり海獣様の住処だから、記録する仕事とかあるんですか。そりゃあ、知りたいって人も多いだろうしね。なにせ、私たちを守ってくれる尊い御人だ」

そうですね、と相づちを打つ。自分でもなぜ残しておこうと思ったのかわからない。ニワくんは海獣だった。そして、クラスメイトだった。あんな戦いに赴く間際に私と話をしてくれた。そのどれもが理由のようで、そうでない気もした。すべての荷物を運び出し、内装修理の手配を行って、私は部屋の扉を閉めた。

その部屋は、墓穴と同じ匂いがした。むせかえるほど濃い土の匂い、水の匂い、腐敗の匂い。私たちの墓穴は町を背後から抱きかかえる山の中腹にある。先祖の誰かが掘ったのか、それともなんらかの災害で生まれたのか、由来もわからない、吸い込まれそうなほど深く広い洞窟だ。私たちの死そのものの匂いが充満する部屋の中央に、薄茶色の朽ち木が横たわっている。

「ニウラ」

朽ち木が、喜びのあふれた声で私を呼び、枝さながらに肉の削げた腕を浮かせて宙を掻く仕草をした。私は後ろ手に扉を閉めて靴を脱ぎ、コトちゃんのそばへ歩み寄った。伸ばされた手を握る。薄い。ほんの少しでも力を籠めたら、枯葉のように砕けてしまう。

「呼んでくれて、ありがとう」

コトちゃんは薄く微笑んだまま、ゆっくりと首を振った。そのお腹はなだらかに膨らんでいる。

四回目の妊娠だ。コトちゃんは三回の産卵に耐えきった。そういう人は、稀にいる。だけどさらにもう一度妊娠し、産卵しようとする人は少ない。まず産卵に耐えられないし、卵の成熟を待てずに母体の寿命が尽きる可能性は高い。ただいたずらに死期を早めるだけだ。それなのに、コトちゃんはそれを選んだ。

「あんまり急いで行かないでよ。さみしいよ」

私はコトちゃんの考えていることがわからない。私が彼女と同じ交尾衝動を持っていたら、理解できたのだろうか。床に広がった彼女の髪を親指の腹でそっと撫でる。コトちゃんはふふ、と吐息で笑った。

「与えられた命を、使い切らないで死ぬなんて恥ずかしい」

言葉の一つ一つを噛んで確かめるような、慎重な言い方だった。私は朝の海のように透き通ったコトちゃんの目を覗いた。

「誰とも交わらない生涯になんの意味があるの。あなたを産んだ母体がかわいそう。全体に貢献しない自分勝手な生き方は醜い。産めば産むほど、尊くなる。生命として、上等になる」

「コトちゃん」

「交尾も産卵も、ものすごく幸せなことなのに、それがわからないのは不幸だと思う」

「コトちゃん、やめよう？」

「私は結局、そういう世界から出られなかった。成長するにつれてニウラがどんどんわからなくなって、わからないまま大事にする方法がわからなかった。……今はそれが、すごく、つまらない」

最後の一言で、それまで神妙に聞いていたのに思わず笑ってしまった。コトちゃんはつないだ手をほどき、私の腕に手のひらを当てると手首の方向へ撫で下げた。手首に届くとまた腕へ戻り、何度も何度も、私を撫でる。コトちゃんは本当に、愛することが好きなのだ。自分以外のものに自分を注ぐことが楽しいのだろう。私とは違う。だからとていとしい。

「コトちゃん、卵を抱くのは楽しかった？」

問いかけに、コトちゃんはぱっと大輪の花が咲くように笑った。

「そりゃあもう。楽しいなんてものじゃなかった。今も幸せよ」

「卵を抱えるのも、産むのも、すごく辛そうに見えるんだけど、そんなことはないの？」

ずっと他人事ながら疑問に思ってきたことだ。他の人には過剰に反応される気がして聞けなかった。今のコトちゃんなら、なんの含みもないただの質問として、ちょうどいい重さで投げ返してくれる気がした。

「体は辛いし、苦しいけど、同じくらい楽しいかな。ほら、苦しいんだけど楽しいことってあるじゃない。あんな感じ」

こわい、と、いがなきゃ、をうわごとのように繰り返していたニワくんの声を思い出す。ニワくんはきっと、私たちのためでも種族の維持のためでもなく、自分のために海に入ったのだ。コトちゃんは短く考え込むような間を置いて、うん、と小さく頷いた。

「あーそうかーこういうことだったんだーって自分の体や、種っていう大きな流れと遊んでいる感じ。それに、産卵すれば褒められるしね。気持ちいいよ」

「よかった。私はそれがわからないけど、コトちゃんが楽しかったなら、すごくうれしい」

コトちゃんはじわりと口の両端を持ち上げた。照れくさそうな、少し困ったような、ずっと前、子供の頃にも見たことがあるような笑顔だった。その笑顔を見て、ああもう終わりなんだ、とわかった。

「ニウラ、楽しく生きてね。あなたのなかに設定された喜びを越えて。山で待ってるから、終わったらどんなものだったか教えて。……ああ、くやしいなあ。私はあなたが、大好きだったのに。本当の友達になりたかった」

「コトちゃんは本当の友達だよ」

「ニウラ」

コトちゃんの目尻からすうっと一筋の涙が落ちる。もう彼女はまばたきをしなかった。

私はコトちゃんの髪を撫で、頬を撫で、丸々とふくらんだお腹を撫でた。これから成熟した卵は切開手術で取り出され、乳母たちに引き渡されることになる。産卵には耐えられないだろうから、とコトちゃんの方から役場に連絡を寄越した。

終わりました、と部屋の外で待っていた若い男に声をかける。今年うちに配属されたばかりの新人は、はい、と真面目にうなずいて近くの病院へ走って行った。まもなく医師と乳母が駆けつけて、コトちゃんの体を割くだろう。コトちゃんの体、たくさんの幸せを味わった朽ち木の体。死の匂いの満ちた部屋、これから産まれるものたち。

テーブルには作りかけの貝殻細工が残されている。敷布や壁掛けは、春の山を連想させる明るい色合いのものが多い。きっと最期はほとんど食べなかったのだろう、部屋に食料はまるで見当たらなかった。それらをすべて忘れないよう頭の中にしまい、到着した医師たちと入れ違いに部屋を出た。家に帰って真っ先にペンと紙をつかみ、一心不乱に、詰め込んだものを書き出した。

その年の冬は、いつもの冬とは違っていた。奇妙に暖かい秋が終わると急激に気温が下がり、今までに類を見ない殴りつけるような暴風雪で町は完全に閉ざされた。そして、恐ろしいことにその状態が二年近く続いた。寒さと飢えでたくさんの大人が死に、たくさんの子供が死に、たくさんの卵が孵らなかった。私は生まれてこの方、海が凍るのを初めて見た。

年齢や性別、産卵の回数を問わずばたばたと亡くなっていく人々を、私は一日に何人も訪ね、時には話を聞き、時には多少の頼まれごとをこなし、最期を傍らで看取ってから部屋を綺麗に片付けた。資材も物も食料もなにもかもが足りず、町は規模を縮小した。今まではそれぞれの家で卵を孵して子供を育てていた乳母たちは、町一番の大きな家に集合し、熱をなるべく分かち合うよう子供たちを寄りそわせて集団で子育てをするようになった。食糧不足を解決するため、海の氷に穴を空けて魚を捕る方法が開発された。

使えるものがないか山の草木を片っ端から検証していく中で、すり潰して湯に落とすと体温を上げる作用のある植物が見つかり、大規模栽培が始まった。

町の仕組みが音を立てて変化していく中、私はひたすら死んでいく人たちの最期を書き留め続けた。それに意味があるのか、なんの役に立つのかを考える余地もなく、ただ、累積する死が形になると落ち着いた。浜に打ち上げられた巻き貝だとか、美しく整列した魚のうろこだとか、そういうものを数える感覚と似ている気がする。

冬がようやく終わったとき、クラスメイトはみんな死んでいて、私は死んでいなかった。イトダくんもスガさんも私が看取った。イトダくんは最期までひょうきんで、ふざけたことばかり言っていた。スガさんは彼女を慕う子供たちに両腕を抱きしめられていた。彼のことも彼女のことも書いた。どんな部屋に住んでいたか、どんな風に生きて、なにに追い立てられ、なにを手に入れ、最期になにを望んでいたか。

時々、私の体は、冬を乗り越えるために設計されたのではないかと思うことがあった。なにも身体的な特徴は発現しないけれど、環境の変化に対応できる頑健さが優先された個体として、危機的状況下で集団を保護するために生まれたのではないか。海獣や乳母、交尾衝動を持つ多くの人たちと同じ、種族内での役割が、私にも。そこまで考えて、どちらでもいいと思った。ニワくんもコトちゃんも、種族のために生きていたのではなかった。私も私の好きなように進んでいけば、拓いた道の使い方はあとの人が勝手に決めてくれるのだろう。

春が来て、夏が過ぎ、秋を見送ってまた次の冬が来ても、私は役場で働き続けた。いつまでも、黙々と、一人で。休みの日にはお弁当を作って岬に出かけ、沖を眺めるのが習慣になった。運が良ければ悠々と泳ぐ海獣の姿を見ることが出来るし、憎い金ビレや、まったく名前の分からない巨大な魚が通ることもある。私はいつもニワくんの姿を探した。だけど遠目では海獣はどれも同じように見えて、ニワくんかどうかはわからなかった。

三十を過ぎると「海獣に会ったことがある？」とか「三回産んだら死んじゃうの？」とか、若い人から声をかけられることが増えた。いつしか私は「いい年して産まない人」ではなく、「大寒波以前から大人として生きているやたら長生きの人」になっていた。そんなときはニワくんの記録や、コトちゃんの記録を探し出して説明した。だんだん一々相手をするのが億劫になり、今まで書きためた死の記録を冊子にして、建築や漁業、行政の資料が並ぶ役場の本棚に置くことにした。たまに役場に訪れた人が時間潰しに読んでいるのを見かける。

看取って、書いて、寝て、起きて、生活を続けて更に数年後。よく晴れて仕事の少ない、穏やかなある日のことだった。用事を終えて役場の受付を横切る最中に、背後から声をかけられた。

「ニウラ？」

聞き覚えのある声に、心臓をぎゅっとつかまれた気がして振り返る。そこには、コトちゃんが立っていた。長い豊かな髪、小さく華奢な体と、豊かにふくらんだ唇。

あまりの衝撃に、とっさに言葉が出てこない。私はよほど驚いた顔をしていたのだろう。コトちゃんは不思議そうに首をかしげ、こちらに歩み寄ってきた。

「ニウラってあなたのことよね？　すごく長く生きてる人。年を取ってるのに黒髪で、痩せてて、背が高いって聞いたんだけど。この本、あなたが書いたんでしょう？」

声はそっくりでも、コトちゃんとは全く違うつけつけしたしゃべり方に、彼女がコトちゃんに似ているだけの見知らぬ少女だと思い知る。ああ、うん、そうよ、と生返事をして、少女が差し出した冊子に目を向けた。

いつのまにか死の冊子は五冊目に達した。きっと六冊目が最後の巻になるだろう。大寒波の時は人手が足りず、家の片付けも遺体の運搬も、なにもかも一人で片付けるのが当たり前だったのに、最近はやけに体が重く、現場に赴くだけでも一苦労だ。仕事で墓穴に出かけても、特になんの匂いも感じない。それはきっと、私の体から同じ匂いがしているからだ。少女はぱらりと冊子をめくり、みずみずしい眼差しで私を見上げた。

「私の母体って、どれかわかるかな」

「ええ？」

「今までに亡くなった人のことが書いてあるんでしょう？　もしかしたら、私の母体もあなたに看取られたのかと思って」

それから少女は自分が生まれた年と育てられた乳母、幼少期の記憶など、手がかりになりそうなことをつらつらと語った。どれもコトちゃんの四回目の妊娠で摘出された五つの卵の行く末と重なる。けれどそんな周辺情報に頼るまでもなく、彼女はコトちゃんの娘だった。

「なんで母体について知りたいの？」

子供たちが、乳母はともかく会ったこともない母体に興味を持つなんて、聞いたことがない。少女はんー、と短くうなった。

「この本をぱらぱら見てたら、私の母体にも名前があったのかなって、初めて思ったの。それで、なんとなく」

「そう……あなたの母体は、コトっていうの。一冊目の、二ページ目に書いてあるよ」

慎重に、初めて食べたものの味を確かめるように、少女はコト、と呟いた。私は続けて、少女の名前を聞いた。

「オリ」

「オリね」

「ふふ。コト、オリ、コト、オリ。変なの！」

弾む声で言って、少女は本棚の前へと戻った。一冊目を探すのだろう。私も彼女をまねて、コト、オリ、と呟きながら自分の机へ向かった。コト、オリ、コト、オリ。ニワ、スガ、イトダ、バンシュウ、ヒズミノ……。忘れられない名前を歌う。今日のことを話したら、どんな顔をするだろう。私はずっと、あの人たちのクラスメイトでいたかった。ゆるむ口元を押さえ、また仕事に戻った。

砂浜に出るのは久しぶりだった。最近はすっかり目が弱くなって、海面の照り返しだけでもひどく眩しい。私の後任になったオリの手を借りて、波打ち際へ足を進めた。オリは金ビレがいないかしきりに周囲を見回している。緊張した気配が、つないだ手から伝わってくる。

「昼間は沖にしかいないから、大丈夫だよ」

「だって」

「海獣がちゃんと守ってくれる」

私は一枚の紙を打ち寄せる波に差し入れた。紙はするりと水面を滑り、まるで糸で引かれるように沖へ沖へと運ばれていく。

「なんて書いたの？」

「同窓会のお知らせ。もし知らなかったら、悪いから」

きっと今頃、テーブルを並べて料理が運ばれている。イトダくんは音頭をとっている側に違いない。スガさんは怖い顔でサボる男子を叱り飛ばしている。コトちゃんは周囲に合わせながらも会場の入り口をうかがって、私を待っている。

「遠くの用事が終わったら、今度こそ一緒に行こう。堂々といばって入ろうね」

白い紙はくるりくるりと回転しながら波間を漂い、やがて群青色の海へと沈んだ。ニウラ、と呼ばれて振り返る。目の前にいるのがオリなのかコトちゃんなのか、私にはもうわからないし、わからなくていい。行こっかと笑いかけ、彼女へ向けて手を伸ばした。

解説

千早茜

小さい頃、虫を集めているおじさんがいた。子供の目から見ても変わった人だと思った。我が家に訪れるたび、庭を歩きまわり、犬たちからノミやダニを捕っていたので、「ダニのおじさん」と呼んでいたが、寄生虫が専門の大学の先生だった。掌におさまるくらいの小さなガラス瓶をよく覗かせてもらった。寄生虫の生態は奇妙で、多様性に満ちていて、話を聞いた日は興奮と恐怖で眠れなくなった。私は自分の知らない世界を見せてくれる変わったおじさんが大好きだった。

この短篇集におさめられた七つの物語は、そんな記憶をふとよみがえらせた。ガラス瓶を息で曇らせないよう注意しながら、暗闇に棲息する生物の求愛や営みを、そっと覗き見る。

彼らは色鮮やかで、かすかに光っていて、アッタさん、ユージン、ミネオカ、スグリ、シナモン、オウミさん、コトちゃんといった片仮名の名で互いを呼び合い、愛の地獄を見せてくれる。そして、人のかたちをしている。

人だ、と思うとぞくっとする。彼らは愛人に片腕をねだったり、くるぶしに花を咲かせたり、大蛇になって愛する男を呑み込んだり、命がけで卵を産んだりと、人の習性にはないことをするから。

けれど、描かれる感情は覚えのあるものばかりなのだ。『くちなし』で「あの人の体は、指の先まで私のものよ」と言う美しい妻の気持ちも、「断片を愛する方が簡単だ」と思う主人公の気持ちも知っている。『愛のスカート』での片思いの相手の小物やゴミをつい盗んでしまう暗い衝動も、相手に美しいものを贈りたいという想いもわかる。どちらも、ある。恋愛のさなかでは相反するような感情に波のように揺らされることがあるのだ。そうして、相手をもののように所有したくなったり、感情がコントロールできず自分が自分ではないものになったりする。『けだものたち』の獰猛な嫉妬も、『茄子とゴーヤ』の独りよがりな我慢や一人きりの「清潔でこころぼそい幸せ」も、『山の同窓会』の周りと同じ流れにのれない不安も、やはり知っている。

現実から遠く離れたような設定でも、自分の内側を覗いてみれば登場人物たちの欠片が存在していることに気づく。愛はたいへんな無法地帯で、私たちは肌の下に化け物を飼っている。そんなことはないと言う人もいるかもしれない。でも、そういう、いわゆる正しい人を私はなんとなく信じられない。それはそれでまた違った化け物めいたものに思えてしまう。

彩瀬まるさんの物語を読むと、途方に暮れた子供のような心地になってしまうことがよくある。つむがれた言葉を追ううちに、重ねた齢も経験も知識も、なにもかも、まったく役にたたない世界に迷い込んでしまう。まるで森だ、と思う。深く分け入れば分け入るだけ、一枚、また一枚と自分を守る殻が剝ぎとられ、心もとないむきだしの魂になっていく。

初めて読んだのは『やがて海へと届く』だった。突然の災害で暴力的に命を奪われた登場人物が「神様って、いないんですね」と言う。神の不在は知っていた。知ったことがあった。それなのに、私はふたたび傷ついていた。なまなましい痛みと喪失に声をあげて泣きそうになった。自分が人生で得た、誰にも奪われない小さな花のような記憶を必死で探した。母親にすがりつく幼い子供のように。

だから、いつもこわごわ読む。こわいけれど、そこは不思議と懐かしく、感じやすい無防備な部分がまだ自分の中にあることを思いださせてくれる。

幼く未熟だった頃、『花虫』のユージンのように「本当のこと」が欲しかったことがあった。彼は芸術のために常に「なんらかの極致」を目指し、「正しく誠実な、なにからも歪められていない人生」を求め、虫が見せる「運命の花」によって結ばれた妻を「偽物だった」と嘆く。彼ほどではないが、私も自分にとって本当だとは思えなかったものを拒絶したことがある。本当のものなんてそうやすやすと手に入れられるとは思っていなかった。だからこそ、ひとつでいい、自分の人生にたったひとつの「本当のこと」が欲しいと切望した。作中にもある「圧倒的で、特別で、理屈のいらないもの」。それに出会うことこそが人生だと信じていた。けれど、物語の中でのそれは人の体に寄生した虫が見せた官能的な幻だった。虫は、恋や愛や神といった、人が惹かれ狂わせられる言葉に置き換えることができる。運命だと思った恋が幻のように崩れ去った経験がある人は少なくないだろう。人生で不変なことはなく、絶対的に正しい見方なんて存在しないことを、成長し経験を積むに従って私たちは知る。でも、人生はきっとそこからなのだ。偽物だらけの世界で、自分がなにを感じ、なにを自分にとっての本物とみなして日々を繋げていくか。この世の不条理さも、ままならなさも呑み込んで、それでも生きるしなやかな強さを感じさせてくれるラストが好きだった。

しかし、『薄布』でひっくり返されたような気分になる。子供も夫もいる主人公の女性は難民の少年を買うが、目隠しをされた美しい人形のような少年を前にして戸惑う。「奪ってみたくて」少年を裸にしても、チョコレートを与える方が楽しく、彼女は自分がなにをしたいのかわからなくなる。主人公の友人は享楽に溺れることができる男たちのことを「他人を使って気持ちよくなるのが上手」だと、半ば呆れながらも驚きをもって評する。主人公も女性にだらしない夫のことを「樹液を見れば飛びつかずにいられない、くだらない虫」と哀れみを込めて見下す。私はどちらの性も哀れに見えた。そして、自分はどちらに属するか考えてしまい、重い気分になった。私たちは誰かに教えられたかたちをなぞるだけで、本当の愛も欲望も知らないのではないだろうか。どちらかを選ばなくてもいい生き方だってあるはずなのに。

ここでまた、一度は解放されたはずの「本当」に戻ってしまう。『山の同窓会』の自分だけ卵を産めず、海獣にもなれない主人公の「そういうことだったのかって納得したい」と言う気持ちに共感する。一人きりで自分を見つめ続けるのはこわい。外から与えられる役割とか本当とか答えとか、意味はないのだと手を離したものを、いつしか追いかけている。また迷子になった、と途方に暮れる。いや、私だけではない。作者はきっと何度も何度も疑い、ひっくり返して、目を凝らし、砕け、絶望し、拾い集めては立ちあがることを繰り返したのだろう。思えば、彩瀬まるさんの作品にはどれも静かな戦いの痕がくっきりと遺っている。そして、諦めずにこれからも書き続けていくに違いない。ひとつの答えに拘泥しない、信頼できる書き手の一人だと思う。

絶望的な喪失のただなかでも、愛の混沌の淵でも、彩瀬まるさんの文章は光っている。やわらかく、ふるえながら、言葉が呼吸している。美しいと思う。美がなにかまだわからないけれど、自分が信じる美が確かに在ることを実感する。その感覚に出会えることは大きな悦びだ。『けだものたち』に「野蛮で淋しい、屍が積もった川底の景色を知る人の美しさだった」という一文がある。作者の文章はまさにそんな美しさを光の帯のようにまとっている。

（作家）

初出
「くちなし」　別冊文藝春秋　2016年5月号
「花虫」　別冊文藝春秋　2016年1月号
「愛のスカート」　別冊文藝春秋　2016年9月号
「けだものたち」　別冊文藝春秋　2015年7月号
「薄布」　別冊文藝春秋　2017年7月号
「茄子とゴーヤ」　単行本時書き下ろし
「山の同窓会」　別冊文藝春秋　2017年1月号

単行本　二〇一七年十月　文藝春秋刊

文春文庫

くちなし

定価はカバーに
表示してあります

2020年4月10日　第1刷

著　者　彩《あや》瀬《せ》まる
発行者　花田朋子
発行所　株式会社 文藝春秋

東京都千代田区紀尾井町 3-23　〒102-8008
TEL 03・3265・1211㈹
文藝春秋ホームページ　http://www.bunshun.co.jp

落丁、乱丁本は、お手数ですが小社製作部宛お送り下さい。送料小社負担でお取替致します。

印刷・萩原印刷　製本・加藤製本

Printed in Japan
ISBN978-4-16-791471-4